只有貓知道

猫は知っていた

仁木悅子

江戶川亂步獎傑作選 4

只有貓知道

原書名　猫は知っていた
作　　者　仁木悅子
譯　　者　陳嫺若
封面設計　朱陳毅 BERT DESIGN
文字排版　林翠茵
企畫選書　傅博、冬陽
責任編輯　冬陽

業　　務　陳玫潾
行銷企畫　陳彩玉、王上青
主　　編　冬陽
總編輯　劉麗真
總經理　陳逸瑛
發行人　涂玉雲

出　　版　臉譜出版
發　　行　英屬蓋曼群島商家庭傳媒股份有限公司城邦分公司
台北市民生東路二段141號11樓
讀者服務專線：02-25007718；02-25007719
服務時間：週一至週五9:30～12:00；13:30～17:00
24小時傳真服務：02-25001990；02-25001991
讀者服務信箱E-mail：service@readingclub.com.tw
劃撥帳號：19863813 書虫股份有限公司
城邦讀書花園網址： http://www.cite.com.tw
臉譜推理星空網址： http://www.faces.com.tw
香港發行　城邦（香港）出版集團
香港灣仔駱克道193號東超商業中心1樓
電話：852-25086231／傳真：852-25789337
email：hkcite@biznetvigator.com
馬新發行　城邦（馬新）出版集團
Cite (M) Sdn. Bhd. (458372 U)
11, Jalan 30D／146, Desa Tasik, Sungai Besi,
57000 Kuala Lumpur, Malaysia
電話：603-9056 3833／傳真：603-9056 2833
email：citekl@cite.com.tw

初版一刷　2010年 1 月5日
初版三刷　2010年12月2日

ISBN 978-986-235-081-2
定價：250 元
(本書如有缺頁、破損、倒裝請寄回更換)

目次

選編者的話

通俗的閱讀樂趣

冬陽

推理小說在日本，是非常普遍的大眾讀物。

走進日本的書店，一落落整齊堆放的推理小說醒目到你不可能沒發現；在往來方便的電車上，乘客不是拿著手機就是巴掌大的文庫本閱讀，其中十有八九是推理小說。

不同於台灣的推理出版閱讀，日本作家的創作數量較翻譯作品高出許多，且題材廣闊，舉凡組織犯罪、青春純愛、國際謀略、職業運動等都能入題，幾乎無所不包，使得推理小說從過去給人強調鬥智解謎的印象，逐漸轉變為雅俗共賞的娛樂讀物，成為大眾閱讀市場的核心與主流。

這段轉變絕不是短時間內發生、完成的，尤其以書寫源流來自英美的推理小說而言，可是經過好一番努力才有了今日的成果。

一開始，日本也大量譯介了歐美出版的經典推理小說，慢慢培養出一批作家，或模仿或獨創出以日本當地風土民情為背景的偵探故事。一九五四年，日本推理小說之父江戶川亂步在其六十歲誕辰宴會上宣布，為了振興日本推理小說，提供一百萬圓給日本偵探作家協會作為基金，創設「江戶川亂步獎」；兩年後，江戶川亂步公開徵求長篇推理創作，「以江戶川亂步獎，來促使有力量之長篇推理小說家的出現」，如此登高一呼，開啓了往後五十年推理創作的蓬勃發展。

江戸川亂步獎自此建立起一個良性循環：刺激有志踏上推理作家之路的創作者提升寫作水準，出版社代爲出版得獎作品以拓展讀者群，這可從歷來得獎小說多具有銷售十萬冊的實力可窺知一二。

然而，自亂步獎出道的作家作品，多半具有一項特色，我稱之爲「欲晉身推理文壇的雄心與狂熱」。這些作家絕大多數是業餘者，也多是初提筆創作的生手，文筆略顯青澀或不夠沉穩，但更値得一讀的地方在於沒有匠氣、沒有量產作家的公式化寫法，以堅信「超越過去的獲獎者才能成功」的心情一搏，字裡行間自是熱情滿溢——這種熱情，正是日本推理小說通俗力量的來源。

此刻，臉譜出版邀請曾擔任日本推理小說專門誌《幻影城》總編輯的傅博先生，從過去已經出版的五十九本江戸川亂步獎得獎作品中，以傑作選及新作譯介兩種選書路線，挑選出十本作爲傑作選第一期出版品，希望藉由推理小說多元而又豐富的內涵，帶給各位無上的閱讀樂趣——

話不多說了，請盡情享用。

總導讀

江戶川亂步獎縱橫談

傅博

日本到底有多少文學獎，正確的數字沒人知道，綜合各種資料，百年來所創設的文學獎有千種以上，現在每年定期發表授獎作家或作品的，至少不下二百種。

主辦單位、授獎對象、獎金、獎品，的確五花八門，應有盡有，歸納這些獎可分爲四大類。

一、終身榮譽獎：這類獎不多，推理文學關係有兩種。第一是財團法人（基金會）Scheherazade文化財團於一九九六年設立之日本推理文學大獎，每年舉辦一次，頒獎對象是「曾經對推理文學的發展有重大貢獻的作家或評論家」，獎品之正獎是Scheherazade像、副獎獎金三百萬圓。

第二是日本本格推理作家俱樂部，於二〇〇一年創設之本格推理小說大獎特別獎，不定期授獎給「曾經對本格推理小說的發展有重大貢獻的作家、評論家、編輯者」。獎品是京極夏彥設計之黑桃皇后的撲克牌獎牌。

二、年度最優秀作品獎：授予對象是該年度內發表的作品中之最優秀作品，但是大多數的獎，採取曾經授獎過的作家之作品不再授獎。這類獎不少，純文學爲對象的野間文藝獎，大衆文學爲對象的吉川英治文學獎，都是具影響力的獎。推理文學也有兩種這類獎。

第一是日本推理作家協會獎。一九四七年由江戶川亂步等組織成立的偵探作家俱樂部，於同年創立之偵探作家俱樂部獎，而一九五五年改稱為日本偵探作家俱樂部獎，一九六三年二次更改為現在這個名稱。第一屆於翌四八年授獎，分為長篇、短篇、新人等三獎，之後每年授獎一次，但是授獎對象有幾次更改。現在分為長篇與連作集、短篇、評論以及其他等三部門授獎。

第二是上述之日本本格推理作家俱樂部大獎。分為小說、評論・研究等兩部門授獎。

三、年度最優秀新人作品獎：授予對象是出道不久的新人作家，於該年度內發表之最優秀作品。這類獎很多，最有名而最具權威的，就是芥川獎與直木獎。前者是純文學，後者是大眾文學之新人作家為對象，半年授獎一次，比較特殊。兩獎於一九三五年，由日本文學振興會創設，因二次大戰中斷四年，四九年重新出發，至今已舉辦一百四十屆。

推理文學關係沒有這類獎。但是大眾文學很多這類獎，大多數是紀念逝世作家之業績，冠上該作家姓名，如一九七二年創設之泉鏡花獎（不區別純文學、大眾文學），七九年創設之吉川英治文學獎新人獎、八七年創設之山本周五郎獎等都是。推理小說在這三獎的得獎率很高，可當作選書閱讀之參考。

四、公開徵文獎：徵文對象多姿多彩，自由詩、和歌、徘句等詩歌類，舞台、電影、電視等劇本類，長篇、短篇、極短篇等小說類，文學評論（不多）等各種類型都有。

徵文的主辦者原則上都是出版社或雜誌編輯部。以小說而言，出版社的徵文都是長篇，授獎作品有獎牌、獎金之外，由該出版社出版單行本。雜誌編輯部的徵文原則上是短篇，授獎作除了獎牌、獎金之外，在該雜誌刊載。

推理小說關係的徵文獎特別多，象徵推理小說的繁榮昌盛。其歷史悠久，自從一九二〇年，《新青年》創刊以來連綿不絕，已有九十年歷史。

一九八七年，新本格派崛起之前，諸多推理雜誌中，《新青年》、《寶石》、《幻影城》三誌，分別代表了三個不同時代，它們都舉辦過推理短篇的徵文。這些得獎作家其後多數都成爲推理文壇的核心作家，可見其影響力。

現在定期舉辦推理短篇徵文的，有三家雜誌，分別是《ALL讀物》之ALL讀物推理小說新人獎（六二年創設）。《小說推理》之小說推理新人獎（其前身，双葉推理獎創設於六四年，四屆即中斷，七九年重辦本獎）。《Mysteries！》之Mysteries！新人獎（其前身，創元推理短篇獎創設於九四年，一時中斷，〇四年重辦本獎）。但是其影響力不如長篇獎。

推理長篇獎比短篇獎爲多，江戶川亂步獎（後文詳述）之外有：

橫溝正史獎：角川書店於八〇年創設，二〇〇一年更名爲橫溝正史推理小說大獎。

三得利推理小說大獎：三得利、文藝春秋、朝日放送於八二年共同創設，〇三年停辦。

日本推理懸疑小說大獎：八七年由日本電視創設、新潮社協辦，九四年停辦。翌九五年新潮社創設新潮推理小說俱樂部獎，二〇〇〇年停辦。同年新潮社與幻冬舍合辦恐怖懸疑小說大獎，〇五年停辦。

松本清張獎：日本文學振興會於九三年創辦，當初是包括時代小說之短篇獎，九九年之第六屆起改爲長篇獎，得獎作由文藝春秋出版。

鮎川哲也獎：東京創元社於一九八七年，主辦「鮎川哲也與十三之謎」之徵文獎後，發展爲本獎。

梅菲斯特獎：九六年由講談社文藝圖書第三出版部創設，本獎打破以往文學獎常識，從投稿中編輯部認爲具出版價值的作品，即授與獎，不定期頒獎，九八年授獎六次。

日本推理文學大賞新人獎：上述Scheherazade文化財團創設之該大獎之徵文獎。

「這推理小說好棒！」大獎：寶島社於二〇〇一年創設。

此外，屬於廣義推理小說徵文獎的，有角川書店於九三年創設之日本恐怖小說大獎，本獎分爲大獎、長篇獎、短篇獎，大獎是從所有之應徵作品中，不分長、短篇，授與最優秀作品。另外有學習研究社於二〇〇〇年創設之MU傳奇小說獎，只辦兩屆，〇二年已停辦。

以上簡單地介紹了十多種徵文獎，其成就與影響力都不如江戶川亂步獎。

江戶川亂步獎是一九五四年十月三十日，在日本偵探作家俱樂部、捕物作家俱樂部、東京作家俱樂部等三個作家集團，共同舉辦慶祝江戶川亂步六十歲誕辰宴會上，日本偵探作家俱樂部會長木木高太郎公開發表，江戶川亂步為了振興日本推理小說，向日本偵探作家俱樂部提供一百萬圓為基金，而創設的文學獎。

當時日本偵探作家俱樂部，已經每年定期舉辦日本偵探作家俱樂部獎，分別授獎給該年度最優秀之推理長篇與短篇。為了避免授獎對象的重複，當初限定為「對於該年度內的推理小說留下顯著業績之人，並須考慮其過去實績，從創作、翻譯、評論、編輯、電影、演劇、廣播之中選出一人，而對於創作須要特別重視」（江戶川亂步語）。

首屆預選委員為中島河太郎等十二名，評審委員為江戶川亂步、大下宇陀兒、木木高太郎（以上作家）、荒正人、長沼弘毅（以上評論家）等五位。

翌五五年發表的第一屆授獎對象是，中島河太郎在《寶石》連載中之〈偵探小說辭典〉，正獎為福爾摩斯青銅像、副獎是五萬圓。第二屆授獎者為出版「早川珍袖推理小說」叢書之早川書房。

發表第二屆授獎者時，江戶川亂步表示第三屆起要公開徵求長篇推理創作。江戶川在〈江戶川獎之長篇徵文〉（《日本偵探作家俱樂部會報一一一號／五六年八月刊》）一文裡說：

「……從今年初，就聽到推理小說的熱潮來臨，過去沒出版過推理小說的許多有名聲的出版社，正在策畫全集或叢書，可是很可惜，這是翻譯推理小說為主體的熱潮，雖然也有日本作品趁機出版叢書，卻不是出現有力量的作家或作品，來創造這趨勢的。出版界出現熱潮現象，跟著出現有力量的新人是必然的。我相信不久的將來一定會出現這種新人。由此必須要有新人登場的舞台……。」

江戶川亂步繼之比較日本與歐美之長篇推理小說出版說：「現在，日本推理小說界，最期望的是書寫後直接出版成單行本之長篇推理小說，在歐美，這種書寫後的長篇，直接出版爲單行本是正常的，日本與之相反，需要的卻是短篇或連載用之長篇，爲了直接出版單行本而書寫的長篇例子非常少。翻譯小說好看，創作小說比不上的理由之一，該是發表形式之不同。現在是長篇推理小說爲主流的時代，讀者所要求的是具有內容的長篇，因此，還是書寫後直接出版單行本爲理想……由此，想到以江戶川亂步獎，來促使有力量之長篇推理小說家的出現……。」

江戶川亂步表達了江戶川亂步獎的新抱負與自己的期待之後，附錄了自己擬定的詳細徵文規約十二條。如，徵文類型：長篇推理小說，不問本格或變格。字數：四百字原稿紙四百至五百張。授獎作：正獎福爾摩斯青銅像、副獎五萬圓，由講談社出版單行本，付與一流作家級之版稅。版權歸屬：版權以及附屬之上映、上演、放送等一切權利爲作者所有。

一九六三年，日本偵探作家俱樂部更名爲日本推理作家協會，江戶川亂步獎改由新會名義主辦，至今。

徵文規約跟著時勢的變遷，更改過幾次，現在的徵文類型爲廣義推理小說，字數爲四百字原稿紙三百五十至五百五十張，正獎爲江戶川亂步像，副獎一千萬圓。作品由講談社出版並付與全額版稅。

江戶川亂步獎自一九五七年創設以來，至二〇〇八年舉辦過五十四屆。其中五十二屆爲長篇推理小說徵文獎。得獎作品與作者名單，請參閱本書附錄。這五十二屆中，沒有選出授獎作的有三屆，即第六、十四、十七屆，第十八屆以後每年都有授獎。一次兩作品同時授獎的有十屆，平均五、六年一次，但是近年兩作品同時得獎的機會越來越多。

得獎作家的性別，男性五十位、女性九位，大約五比一，從現在的推理文壇來說，女性的得獎率爲低。

大衆文學的存在意義是在敏感地反映讀者的需求，提供作品，大衆文學獎是對具體反映讀者需求之作品的肯定。江戶川亂步獎得獎作品，多多少少都是反映時代、領導時代的作品，是一部五十年來的日本推理小說史。如果我們有機會，有系統地來閱讀全套的江戶川亂步獎作品的話，得益必多。

臉譜出版這次計劃出版「江戶川亂步獎作品集」第一期如左十集：

第　三　屆・一九五七年・仁木悅子《只有貓知道》

第二十四屆・一九七八年・栗本薰《我們的無可救藥》

第三十一屆・一九八五年・東野圭吾《放學後》

第三十二屆・一九八六年・山崎洋子《花園迷宮》
第三十七屆・一九九一年・眞保裕一《連鎖》
第四十一屆・一九九五年・藤原伊織《恐怖分子的洋傘》
第四十九屆・二〇〇三年・不知火京介《擂台化妝師》
第四十九屆・二〇〇三年・赤井三尋《暗淡夏日》
第五十二屆・二〇〇六年・早瀨亂《三年坂火之夢》
第五十二屆・二〇〇六年・鏑木蓮《東京歸鄉》

以上十本是筆者與編輯部共同挑選，前六本是江戶川亂步獎作品傑作（傑作很多，在此先選六本），後四本是近年得獎作。本作品集，除了本文「總導讀」之外，每集都有附錄「導讀」，介紹該作品的授獎經過，作者生平以及得獎後的發展。請期待並支持。

（〇九・〇二・〇八）

只有貓知道

仁木悅子

序章

「悅子，再把地圖拿給我瞧瞧。」

哥哥站在轉角，左右比對了一下說。我從背包裡拿出已經折得縐巴巴的紙。

「他明明說這條路很好找的嘛。牧村那傢伙，怎麼地圖畫得這麼爛哪。」

哥一面抱怨，一面用手背抹去額頭上的汗。就在這當兒，右手邊的路上出現了一道人影。他的年紀很輕，穿著乾淨的淡藍色開襟襯衫，手上抱著一個皮製包包。哥等他走近後便出聲叫他。

「請問一下，這附近是不是有一家箱崎外科醫院？」

那青年單眼皮下的漂亮眼睛，警戒似地看了我們兩眼，才用沉著的口氣說：「那是我家。」

這回答實在出人意表，哥哥像是鬆了口氣一般，轉了轉眼珠。

「原來如此。在下仁木雄太郎。您可能不知道我們是誰。」

「哦！是仁木兄。」年輕人像是想起什麼似地喃喃說道。「是要來我家教幸子鋼琴的老師吧。那一位是令妹嗎？」

看來這位青年已經聽說過我們兄妹倆的事了。我和我哥雄太郎被之前的房東趕出來，在哥哥友人的牽線下，終於租下了箱崎醫院的二樓。今天是我們第一次前來拜訪。箱崎家有兩個正在就讀醫科大學的兒子，和一個還在念幼稚園的小女兒。我只要教小女兒彈鋼琴，就可以減免一半的租金。這些都是哥的友人事先幫我們談妥的。這麼看來，現在站在我們眼前的青年，不是老大英一，就是老二敬二了。他的臉色有些蒼白，眼神戒備，身型清瘦結實，年紀大約二十出頭；看起來頭腦聰明卻跟人有距離。不過，反正我們還是先跟他走。他之後便不發一語，跨著輕快的步伐前進。據我所知，他這種體格，外表雖然看似弱不禁風，其實韌性很強，有些人甚至力氣還很大。

箱崎醫院距離我們看著地圖四處張望的地點，只有百來公尺。從冰店的一角拐個彎，經過公共電話亭和收音機店前，又在看似被散步時的狗抬腳解放的電線杆轉角，再轉個彎就到了──不過，其實轉角的那棟房子就是醫院。在這附近並未遭到戰火波及的許多深宅老院中，這所醫院也算是年代久遠，堅固的木造兩層樓房，大門到玄關約五到六公尺長、鋪著雪白碎石的走道。除了面對大門的兩層樓房外，右手邊緊鄰著一棟同樣古老的房子，但這棟樓是平房。

「左邊是醫院，我們家人住在這邊。我們叫它別院。」

大學生指著右手邊的平房說明時，大門前響起車停的聲音。我不自覺地回頭望去，車上下來一對貌似夫婦的男女。男子年約四十，肩膀很寬，體格相當健壯；眼睛和嘴都寬闊過人，鼻頭厚實，眉毛濃密有如用墨點過一般。但那霸氣的五官卻各安其位，形成一副精力旺盛的容貌，令人印象深刻。直率的目光裡，同時藏著某種冷酷的聰明和強烈的執著，似乎是告訴別人，無論花多少年都會把想要的東西得到手。另一位貌似妻子的女士，卻是徹頭徹尾與那丈夫相反。個子瘦小，眼嘴娟秀，個性看起來也很內向。她身上穿著一件淡綠色絲質洋裝，手上提著嵌有金屬環釦的行李箱。本應是個楚楚可憐的美人吧，我心中暗暗感到同情。之所以這麼想，是因爲儘管她五官端正、眉眼清秀，但卻是一副奄奄無力的樣子，神色中透著疲憊倦怠。這位太太肯定是生病了，所以才來醫院看醫生。從她提行李箱的樣子，說不定還得住院呢。儘管如此，那個男人讓病人自己提行李，卻一點也不在乎的樣子——這種男人我絕對不嫁。我要是生病的話，肯定要他背著我上醫院，若不是這種人，我就——心裡一面思忖著，正準備往前跨出步伐時，突然吃了一驚。剛才帶我們進來的那位大學生，臉上露出慌亂的表情，緊抿著嘴唇，張大眼睛注視著門口那對夫婦。原先那副戒愼警覺的態度消失了，似乎連心臟的悸動都可看得一清二楚。

那對夫妻消失在醫院玄關後，他才回過神來。發現我在注視他的臉，可憐兮兮地露出不知所措的神情。有一剎那，他望著我的眼神裡顯出一絲恨意。但下一秒鐘，就又恢復原有的冷靜了。

「這邊也有玄關啊。」

雄太郎大哥似乎什麼都沒發現，望著房子說道。右邊所謂的「別院」，有個比醫院玄關稍小的側門，門前擱著一輛紅色三輪車。

「是的。我們家人一向都從這扇門進出。請進。」

大學生打開玄關門，便高聲叫道：

「媽媽。」

「是英一嗎？回來啦？」

迎出來的是一位看上去約有六十五、六歲，和藹親切的微胖老婦人。

「你母親帶著幸子上街買東西去了。這是你的朋友？」

「不是，他們是仁木家兄妹，剛才在外面遇到的。」

大學生──現在知道他是這家的長子英一──簡單用一句話爲我們做了介紹後，好像覺得自己責任已了，連看也沒看我們一眼，便逕自往走廊後面走去。

「那孩子就是這麼冷淡。兩位請進來，敏枝馬上就回來了。」

老婦人以熟練的待客態度，領著我們進到裡間。

「您是仁木先生嗎？我從牧村那裡聽到了一點風聲。聽說令妹在音樂大學的師範科就讀呀。我們家幸子就請您多照顧了。抱歉，我忘了自我介紹，我是幸子的外婆桑田千重。」

她還沒介紹自己之前，我便大致猜出這位老婦人的身分了。因爲我早就聽說，箱崎家除了主人夫婦和三個孩子之外，還有一位健康的老太太，是夫人的母親。但是，自以爲對他們家瞭若指掌的我，這時卻看到一位十七、八歲的少女，拉開門端著茶進來。這位又是誰呢？我不由得歪著頭思索起來。她穿著某所私立高中的淡藍色水手服，是一位臉型宛如狐狸的清瘦少女。看起來應該不是女傭……我看著這個與我只有幾分差異的女孩側臉，心中思量著。

「啊，百合，妳也來打個招呼吧。」

桑田老夫人並沒有看穿我的疑問，但她轉向我們的方向，說：

「仁木先生、小姐，這孩子是我的孫女，她叫桑田百合。她算是英一他們的表妹。因爲父母都過世了，所以住在這個家裡，現在就等於是這家的女兒一樣。就因爲如此，她特別細心，而且也是個貼心的孩子呢。」

老夫人的話裡聽起來好像有什麼弦外之音。少女帶著若無其事的僵硬表情，在我們面前放下茶，然後默默地走出房間。

「對了，這位小哥主修什麼？我聽說您還是個學生？」

「您說我嗎？我念植物學。」

「原來是這樣。我那兒子也很愛採集植物，但因爲是獨生子，所以要他繼承家業。就是剛才那個百合的父親，可是他在戰時擔任軍醫病死了。如果他還活著的話，我也不用讓出嫁的女兒照顧。總之，現在女婿對我和百合都很好，可是到英一那一代的時候會怎麼樣，就很難說了——哦，她們回來了。」

玄關的門一打開，「我回來了」的童稚聲音躍入耳中，又聽見似乎是母親的人說了句什麼，孩子清脆的聲音突然戛然而止，或許是母親告訴她我們到來的事吧。沒一會兒，夫人進來招呼道：「歡迎光臨。」她和桑田老夫人很像，微胖的身材，看起來很親切。在她身後伸出頭來又縮回去的，肯定就是我的新學生了。她穿著一件蓬蓬的連身短裙，頭上紮了一個大大的粉紅蝴蝶結，就像個集父母寵愛於一身、備受疼愛呵護的孩子一樣，清爽乾淨。

彼此招呼客套一番之後，敏枝夫人把小幸子推往前面，要她說「你好」。孩子扭著身子甩開母親的手，逃到走廊去了。

「她就是那個樣子。不過，學鋼琴她倒是樂在其中——那麼，我帶你們去看看房間。」

我們在夫人之後站起，一來到走廊，不知從哪裡來的一隻小黑貓，跑到我腳邊摩搓，幸子跑過來將貓抱起。

「好可愛的貓啊。牠叫什麼名字？」

「奇米——」

幸子雖然很害羞，但還是第一次開了口。

「牠叫奇米嗎？還是小小貓呢。」

「嗯。大約十天前才向人要來的。」夫人說。「我不喜歡貓，可是幸子愛得不得了，所以只好養了。而且，我家有老鼠，爲此很傷腦筋。我外甥女百合雖然到藥局買了殺鼠劑，做成毒丸子，可是老鼠不知是不是鼻子很靈，硬是不肯碰。」

「這樣看來，還是養貓最有用吧。就算養的是小貓，但老鼠只要一聽到貓叫，很奇怪地都會跑光光。欸，牠發出呼嚕呼嚕的聲音，眞是隻黏人的貓呢。」

「對啊。人到什麼地方，牠就跟到什麼地方。有時一不注意就會踩到牠呢。屋裡黑漆漆的，結果嚇到的人是我，差點跳起來呢！」

打開走廊盡頭的門，通道豁地寬敞起來，原來是進入「醫院」的建築中了。通道右手邊成排的門扉上，分別插著「護士室」、「X光室」、「診療室」、「手術室」等牌子；左邊則是接待室和藥局，以及我們剛才從外面看到的方形大玄關。玄關進來之後，鋪了木板類似大廳的地方，則用來當作候診室。那裡擺著籐製的長桌、長椅和放雜誌書報的小茶几等，整理得井井有條。（如附圖一）

走上平緩的大樓梯，半途中我們遇到正要下樓的院長兼彥醫生。我忍不住想笑出聲。記得不知是哲學家帕斯卡還是誰曾經說過：「若有兩張神似的臉，分別看時一點也不覺得有趣；但是一同出現時，就會因爲相像而滑稽了。」這話眞的一點也不假，無論是體格或是相貌，這位箱崎兼彥院長與我們三十分鐘前遇到的兒子，簡直就像兩顆黃瓜。只是這顆瓜頭頂禿了點，肚子圓了點，眼光也親切開朗了點。

「請您多多指導幸子，那孩子驕縱任性，可能要勞您多多費心了。」

兼彥院長把手放在抱著貓的幸子頭上，一臉愛憐地說。然後，又重新上樓，爲我們介紹二樓的陳設。二樓也有一條寬敞的通道直貫中央，通道兩旁是成排的住院病房。走廊底端的木板門上掛著「寢具間」的牌子。左邊有三間房，右邊有四間，而我們被帶到最西側的八號房。

「這房間是爲病人準備的，所以可能不太適合讀書——而且四周可能有點吵。」

敏枝夫人說著，一邊扭開門把。

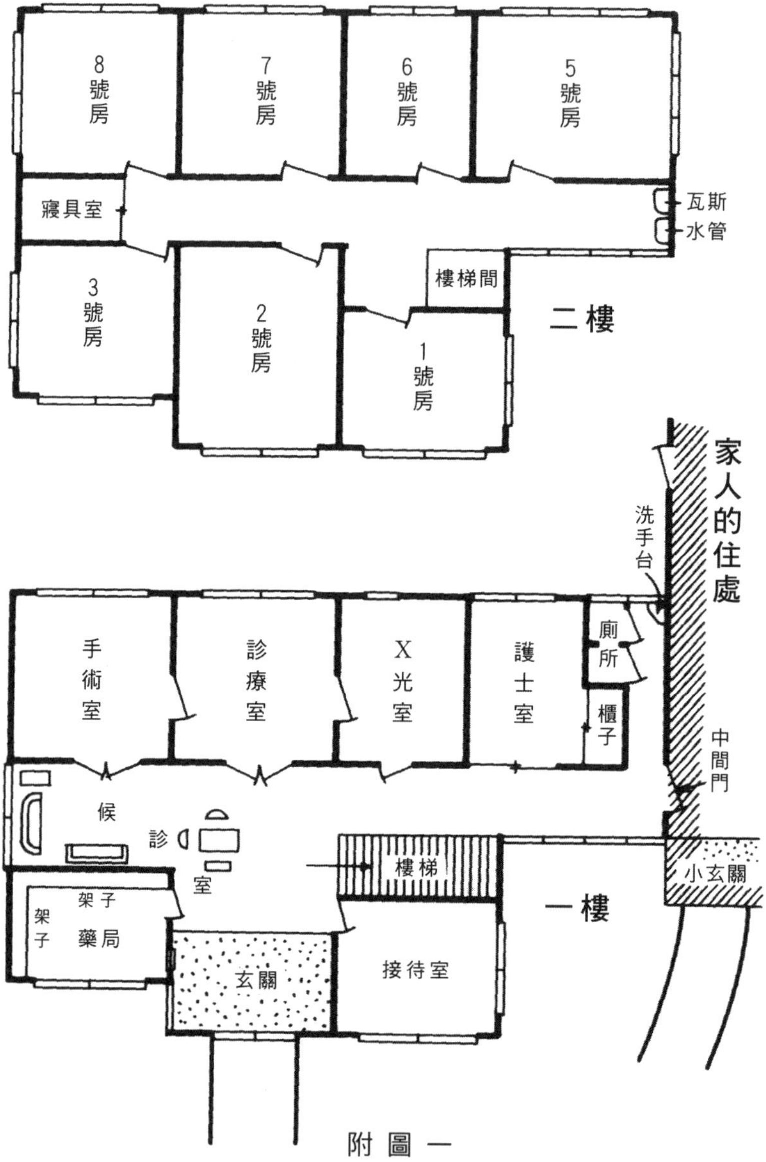
8號房
7號房
6號房
5號房
寢具室
瓦斯
水管
3號房
2號房
樓梯間
1號房
二樓
家人的住處
洗手台
手術室
診療室
X光室
護士室
廁所
櫃子
中間門
候診室
樓梯
小玄關
架子
架子
藥局
玄關
接待室
一樓

附圖一

走進裡面之後，令我有點意外的是房間很大，而且相當明亮。靠近窗邊有一張鋪著白床單的床，床對面的牆邊是半坪大的榻榻米。想必床是給病人躺的，榻榻米是給家屬用的吧。除了這些之外，房間裡還有一張小几、椅子，和一個約半個人身高、很像冰箱的木櫃。漆著奶油色的牆壁高處，掛著一張廉價的風景畫。我覺得房間雖然比想像中好，但那副畫頗令人不以爲然——不如換上哥哥珍藏的布拉克[1]「靜物」。

「這個房間相當明亮呢。」哥哥和我一樣，一邊環顧房間一邊說道。「這房子從外面看起來好像歷史悠久，但牆壁重新粉刷過，不像一般醫院那麼單調冰冷。」

「是啊，我們全都粉刷過，我們家原來住在品川那邊，戰爭結束後才買下這裡。到現在已經二十四年了吧？」

夫人轉頭看著兼彥院長。

「沒錯，已經二十四年了呢——那時候，我們整個翻修了一遍，從窗緣到牆面，全都重新粉刷。病人最需要的就是心情安靜嘛。不過，外牆的陳舊就沒辦法修整了。」

兼彥院長苦笑解釋時，房門開了，一位護士探頭進來。

「院長，山本先生來電。」

她一面說，一面品頭論足似地朝我們兄妹打量，可能是實習護士吧，一個看起來只

1 George Braque，1882-1963，法國立體主義畫家及雕塑家。

能算是孩子的少女，兩個眼睛分得很開，還有一張看似和善的圓臉。

兼彥院長說：「你們自便吧，什麼時候搬進來都行，你們自己安排吧。」

他說完便走了出去。幸子抱起想跟出去的小貓，一屁股坐在床上，唱起：「黑烏鴉，你爲什麼哭？」我有點吃驚，因爲她的音走得離譜。看來教這個孩子彈鋼琴，恐怕是一件難以想像的困難工作。哥哥似乎察覺到我的担心，側眼瞅著我不懷好意地笑，叫人看了就生氣。

我們決定第二週的星期六搬進來。老實說，我希望明天就搬，但是因爲還要上學和打工，沒辦法隨我們的意。

下樓走到玄關時，才發現哥哥和我的鞋子都不在這裡，因爲我們是從家用側門進來的。夫人說：

「不用特意走回去了，我去把鞋拿過來吧。請你們在這裡等一等。」

說完，便去幫我們取鞋去了。我們倆站在門前等待時，大門刷地突然打開，一名女子走了進來。就是剛才在外面遇見，那位嬌小的太太。那太太做出好像避著什麼的動作，輕輕地收起漂亮的雨傘。

「咦，又開始下雨了嗎？」

背後響起一個唐突的聲音，是那個眼距很寬的護士。

「是啊。梅雨還沒結束呢。」

那太太無精打采地說著，抱起剛買來的牛奶瓶走上樓梯。我看著她的背影，不覺開口說：

「那位太太生了病，還自己去買牛奶呀？」

那位護士噗嗤一聲，大笑了起來，好像這話可笑得不得了，還把臉藏在白圍裙裡繼續笑。這個年紀的小丫頭，就算橋塌了，她們也會覺得好笑吧。不過，兩年半前我便已從這種年紀畢業了。

「那位太太不是病人啦。」護士還沒緩過氣，邊笑邊解釋。「生病的是她的先生。」

「她先生？」

我吃了一驚。

「對。她先生得了慢性盲腸炎，來我們醫院看了好幾個月，老說他肚子疼。我們醫生說只要開個刀，馬上就好了。可是他總說開刀太可怕。外表一臉凶相的大男人，沒想到那麼沒膽。不過，這次他終於下定決心，住進醫院來了。那位太太的確比較像生病的樣子，因爲她也吃了不少苦頭……」

「野田護士。」

傳來一聲嚴厲的叫聲。不知何時，一名臉頰尖削、身材乾瘦的護士站在後面。眼睛在厚厚的近視眼鏡後射出光芒。而那位「野田護士」明顯想找個洞鑽進去，可惜附近沒有適合的洞，所以滿臉通紅地杵在原地。

「病人的事，不是給妳拿來說三道四的。我跟妳說過多少遍了！」

眼鏡護士正要用粗嘎刺耳的聲音給予最後一擊的時候，敏枝夫人拿著皮包和鞋子出現。她說，開始下雨了，要把雨傘借給我們。我們倆婉拒了，穿上運動鞋走出大門。幸子已經跟我混熟，她來到玄關門前，舉起手說：

「拜拜。」

七月四日　星期六

我和哥哥按照預定時間，在七月四日星期六下午搬進箱崎醫院的二樓。一朵耀眼的積雨雲，呈霜淇淋形狀浮在很有夏天味道的晴朗天空中。我們向一家熟識的家具店借來一輛三輪貨車，把全部家當都堆到上面，由哥哥駕駛。開到醫院門前時，就看到幸子一個箭步跑出來迎接我們。

「我來幫你們搬。」

然後，抱起我的襪盒，口裡「嘿喲嘿喲」地往裡面走去。

「欸，你們來了。因爲你們打了電話說今天要搬來，幸子那丫頭午飯沒吃便在那兒等了。對了，房間的部分我請人把正中央的七號房打掃好了。現在天氣這麼熱，靠西邊的八號房到了傍晚，可能會熱得受不了呢。你們覺得呢？」

兼彥先生從診療室探出頭來，微笑地對我們說。

「哦，這樣嗎？多謝你們這麼費心——」

我們把行李搬到二樓，就在這時，那個年長的戴眼鏡護士嚴厲地說道：

「上下樓時請安靜一點，今天這裡有一位剛動過手術的病人。」

她說的話雖然都沒得挑剔，但總是給人冰冷、專橫的感覺，讓人很難喜歡。

「家永，如果妳手邊沒什麼事的話，也來幫忙搬一下吧。幸子根本幫不上什麼忙。」

她也裝著好像沒聽見兼彥先生的話似的。我們放輕腳步走上樓梯，在樓梯口遇到一個熟面孔，是野田護士。眼距很寬的眼睛正善良地骨碌碌打轉。

「歡迎歡迎。哇，好大的一幅畫。眞用心哪，把這畫掛在牆上學習。」

野田明明拿不動，還是用手扶住布拉克的畫框，倒退往七號房走去。

「剛動完手術的病人，是指上次那位先生嗎？」

我壓低聲音詢問，野田搖搖頭。

「不，不是那位先生。平坂先生——那位先生名叫平坂勝也，平坂先生是星期一做的手術，已經幾乎快復元了，只不過是慢性盲腸炎嘛。今天的呀，妳看，在這裡。」

她用目光瞄了一眼旁邊的門，六號房。我們房間的隔壁。房門上掛著「工藤眞弓」的名牌。

「一個十三歲左右的小女孩。她媽媽心疼得不得了，不過其實也不是什麼大手術，只是背上長了一個瘤，把它割掉而已。」

反正就野田看來，任何病都沒什麼大不了的。搬行李的過程中，我已經對所有住院的病人有了初步了解。

一號房住的是一位中年婦人，名叫小山田澄子，生的病是頸部淋巴腺炎，但已經快要痊癒了。她獨自一個人住在醫院裡。

二號房就是剛才提到的平坂勝也，他的夫人清子隨侍看護，職業是貿易商，主要是將日本的浮世繪或古美術品賣給外國人，頗令我意外。我還以為他從事的是跟什麼工業有關的工作。

三號房沒人住。五號房是兩個年輕的男病患。宮內正是個二十六、七歲的機械技師，在工作時傷了左手，但已經不會痛，所以每天只是枯坐在房裡。桐野次郎是個大學生，在練習足球時把腳摔斷了，兩天前才住進來。據說他母親也住進來照料。

行李搬完之後，哥哥把三輪車送回去還，我開始整理房間。七號房的面積與八號房相同，也擺設了相同的家具。唯一不同的是，八號房在北側和西側都有窗子，但這個房間只有北側有窗。不過房間並不陰暗，而且通風，非常舒適。就算是租來的房間，但布置新居對女孩子來說，仍是一件樂事。帽子掛在釘子上，字紙簍放進書桌下，哥哥寶貝得近乎可笑的高山梯牧草變種盆栽，則放到窗台的棚架上。另外像是布拉克的畫，則把牆上的畫拿下來後掛上。每個房間裡都掛著一幅宛如從手帕盒拿出來的複製風景畫。幸子一直在我身邊從事名為「幫忙」的妨礙。她找到我的毛線小白熊。

「哇——好可愛！」

幸子把它抱在臉邊摩搓，我趕緊把它搶回來，放在書櫃上。這時，我聽到敲門聲。

「請進。」

話還沒說出口，幸子已經一個箭步衝過去把門打開了。站在門後的是百合。

「今天晚上的晚餐，祖母說要給你們接風，所以請你們到家裡一同用餐。」

百合逐字逐句說完，又加了一句：

「雖然沒什麼菜。」

我有種奇妙的感覺。並不是這個邀請有什麼奇怪之處，而是百合在說這話的表情，有種說不出的詭異。雖然她把該傳達的話都說了，但彷彿心不在此似的，而且臉色蒼白異常，好像睡眠不足般，眼睛裡有些焦慮的血絲，於是，我小心地探問道：

「發生什麼事嗎？」

但是，再怎麼說我跟她只有一面之緣，提出這樣的問題還是很唐突吧。於是我道了聲謝，回答說，等哥哥回來之後會告訴他。

傍晚六點半，哥哥和我換上較正式的衣服，下樓到箱崎家的別院去。我們決定以後只有早餐請醫院幫我們做和護士、病人一樣的餐點，中午和晚上都在外面自己解決。今天晚上本來也打算去外面吃的，但對方盛情招待，而且幸子也高興地過來叫我們，所以就客隨主便了。對方似乎待我們比一般房客更親密一點，將我們定位在家庭教師的關係上。此外，看起來他們也對學音樂這件事抱著期待，似乎樂在其中。倒是我，只要一想到幸子的五音不全，便嘆息連連。

由於護士們都在她們的護士室用餐，所以飯廳裡坐的只有熟悉彼此面孔的家人。院長夫婦、老太太、英一和幸子，再加上我們兄妹，七人在餐桌前圍成一圈，四坪的飯廳也變得有點窄。

「百合怎麼了？」兼彥先生向夫人問道。

「她說不太舒服，在房裡躺著呢。因爲她說沒胃口，我待會兒煮點熱牛奶給她喝。」

「這樣不行，等會兒我給她看看——仁木君，你想喝啤酒還是威士忌？」

「我喝啤酒就行了。」哥哥回答。

哥哥雖然很愛杯中物，但是酒量太差，喝沒兩杯就會醉得不省人事，所以除非和我或是特別好的朋友在一起，平時是不碰烈酒的。

幸子自顧自的對我形容她盂蘭節那件金魚花樣的和服。

「才這麼一點大，就懂得愛漂亮，眞是傷腦筋呢。」夫人嘴上如此說著，但看著幸子的眼神裡卻充滿了疼愛。

「不過，她是小公主嘛。女孩子小時候不都對服裝感興趣嗎？」

聽我說了這句不得不失的回應後，夫人又說：

「妳別說，男孩子也很愛漂亮的呢。像英一，只要不髒的衣服他都願意穿，可是他弟弟就挑剔得很。我先生的舊衣服他絕對不穿，我幫他燙的衣服他也挑三揀四，說領子不夠平整什麼的，抱怨特別多。」

聽她這麼說我才想到，這個家裡應該還有另一個男孩……是叫健二，還是敬二？那個人可能出門去了，夫人似乎察覺到我的疑問，有點慌張地說：

「敬二他不住在家裡。今年四月進了醫大之後，就在中野的朋友家寄宿。妳看，我們家明明就在東京，其實沒必要寄宿的，但年輕人就是這麼任性，好不容易覺得不用照顧他了，結果還是讓父母煩心。」

夫人突然住了口，接著改變話題，說起這個房子的廚房與醫院分開，是如何的不方便，病人和護士的食物都要一一送過去，是多麼辛苦等事情。

「像是洗衣服，剛開始有段時間也大費周章，後來買了醫院專用的大型電動洗衣機才輕鬆一點。護士當中有人手邊空閒的時候，過去按個鈕就行了。廚房也是，最近要增建一個新的場地，再雇用人員來處理，如果不將家人和醫院完全分開，眞是忙不過來呢。」

「現在又加了我們兩兄妹，讓您的工作更加重了，眞是對不起。」

夫人聽我這麼說，搖了搖手。

「沒的事。妳和妳哥哥的早餐不算什麼。我本來就要處理那麼多人的飯食，加減一兩個人，是沒有差別的。倒是兩位佳賓來到我家，我們高興都來不及呢。對了，我一直想和悅子小姐談談，有沒有什麼書是小孩子學音樂時可以參考的？」

「是幸子要讀的嗎？」

「不是，是給父母看的書。悅子是音樂教育的專家，但有沒有什麼書可以讓我這個外行的母親學習呢？」

「我明白了。那麼，明天我來找找，應該有許多這類的參考書才是。」

這時，一直只動筷子沒開口的英一，轉向哥哥問道：

「請問有一種名叫白英的植物，是毒草嗎？」

「白英？」哥哥眨了一下清澈的眼眸，看著對方的臉。「是的，那是種有毒植物，山上很多。它是一種蔓草，用葉柄纏住其他物體延伸，並且會結紅色的粒狀果實。總體來說，茄科植物中很多都有毒性。」

「茄科？那種野生的蔓草，也是茄科的一種嗎？」

「是的。」哥哥興味十足地繼續說，「女孩子拿來吹出聲音的酸漿也是茄科。還有辣椒，另外像菸草也是——酸漿和辣椒是無毒的，但菸草也算是有毒植物吧？」

「那麼，白花八角呢？」

「白花八角是木蘭科[1]，是一種小型喬木。但它不是草而是樹。它會結一種豔麗的果實。這種植物含有劇毒，兒童誤食會喪命，從前有人叫它是『壞果子』。你對有毒植物也有研究嗎？」

「談不上什麼研究。不過，未來我也要當醫生，所以先了解一下比較好。雖然那是未來的事，但到時若是有小孩誤吃了毒果，發生中毒現象，我卻不知道是什麼植物，那就糟糕了。事實上，昨天朋友帶了幾種所謂的有毒植物標本來，但是說明卡不見了，其中一種還不知道名字。」

「它長什麼形狀？」

哥哥探出身子。我這位雄太郎大哥，只要一提到花花草草的事，就會變得熱心起來。

1 後來修正為八角科。

而英一說到自己有興趣的話題，也出乎意料地健談。他用手指在桌子上描出植物的形狀，一邊開始說明。

「直接看實物比較快。能不能到我房間來一下？」

「好，我想看看。」

哥哥猛地就要站起身。這時大家都吃完飯了。

「等等嘛，大家用完水果再去吧。」

敏枝夫人說。剛好女傭香代用玻璃盤盛著香甜的水蜜桃進來。

「我去百合那兒看一下。那孩子說不定也想吃。」

桑田老太太把自己的桃子放進盤裡，走出飯廳。

與老太太擦肩進到飯廳的，則是野田護士。

「院長，澤井先生又來了。他燒傷的兒子好像很痛的樣子。」

「是嗎，我馬上過去。」

兼彥先生把幸子抱在膝蓋上剝桃子皮，這時帶著少許遺憾，將女兒抱起放在坐墊上。

「這個吃完再去不行嗎？那個澤井先生最愛大驚小怪了。」

敏枝夫人看似不太情願，或許她很想炫耀一下今晚的水蜜桃，但兼彥先生顯露出無法怠慢工作的本性。

「嗯。不過——我還是去一下吧。」說著便起身。

於是，我們也答謝他們的招待，和英一一同站起來。幸子的下巴弄得黏乎乎的，一邊咬著桃子，一邊強睜開快該上床的矇矓眼睛，對我們說「再見」。

英一的書房位於房子的東側，是一間四坪大的和室。窗邊放著書桌和椅子，桌旁有兩個塞滿書籍的大書櫃。所有的書都擺得井井有條，讓人聯想到屋主一絲不苟的性格。書櫃裡大部分都是醫學專門書籍，另外就是原子力或昆蟲生態等科普書。至於文學和美術類的書，舉目所及一本都沒有。窗子對側的牆壁有一個小型的組合書櫃，旁邊也放了一張桌子，但這張桌子似乎不是用來書寫，而是放資料和字典用的。英一走到兩個大書櫃前，歪著頭說：

「奇怪，盒子不見了。」

「什麼樣的盒子？」哥哥問。

「就是這麼大的扁平硬紙盒。」

「那個盒子是不是之前放在這上面呢？」我指著牆邊放資料的桌子。

「不，我記得是放在書櫃上。爲什麼妳會覺得放在桌上？」

「因爲這張桌面留有放過東西的痕跡，剛好是個盒子大小的四方物體。」

桌上有三分之一的面積堆了報告之類的文件，但另外三分之二空著。積了一層灰塵的咖啡色桌面上，留下一個小行李箱大小的長方形。那裡肯定在不久之前，都還放著一個四方形的盒子。英一以他慣有的猜忌目光凝視著我，然後搖搖頭說：

「那桌上放的不是紙盒，而是別人寄放在我這裡的東西，放了一個星期左右，剛才我才把它拿去還了——不過，妳的觀察力眞強。那邊書櫃裡的書，妳應該很喜歡吧？」

他指著那個小書櫃。早在他開口之前，我便已經發現那裡擺了不少有趣的偵探小說。有些我已經看過，但大部分都還沒讀過。我笑著說：

「是啊，我很喜歡。英一先生也是偵探小說迷嗎？」

「不，那是敬二的書。」

「敬二先生？」

「是我弟弟。這個房間是我和我弟弟共用的，但我弟弟外宿之後，就成了我一個人的天下。如果妳喜歡的話儘管拿去看。那傢伙就算放暑假也不會回來。」

我開始細細瀏覽書櫃。《ＡＢＣ謀殺案》、《紅屋的祕密》、《紅色收穫》——這些名貫天下的一流作品大致都沒少。在《Ｘ的悲劇》和《金絲雀殺人事件》之間剛好有兩本書的空間，可能是有人借去了吧。《金絲雀殺人事件》書背上方明顯有橫擦過的灰塵痕跡。我正想著「不如就借這本吧」的時候，哥哥說：

「啊，你說的盒子是不是這個？」

同時，從一整堆報紙下面拿出一個硬紙盒。

「就是它、就是它。一定是香代！她每次打掃的時候，就把房間翻得亂七八糟。」

英一不太高興地緊閉嘴唇、打開盒蓋，他應該很討厭別人亂翻他的東西吧。

「哪一種？哦，這種草嗎？」哥哥很快地觀察起來。「這是日本烏頭。花的部分沒有毒，但根部含有烏頭鹼。這份標本已經損傷嚴重，不太好辨認，如果有需要，下次我做一個給你。咦，這盒子裡的東西還眞不少。」

哥哥把標本一一取出，宛如集郵迷欣賞收集的郵票簿般的沉迷表情。比起那些枯草，我寧可看偵探小說。我一邊物色有趣的書，一邊對英一說：

「府上有沒有別人要看？我想借這本和這本，不知道方不方便？」

「請便，妳慢慢看。我母親和百合說，看了這種書，夜裡會不敢上廁所，我父親覺得偵探小說全都是騙人的玩意兒，所以不看。我也有同感。因為這一類的讀物，都是把一些不合理的情節，硬兜在一起捏造出來的。」

騙人的玩意兒也好、捏造出來的也罷，我都不在乎，反正我就是喜歡這種故事。最後我借走了三本。

離開英一的房間，正要回去時，在走廊上遇到桑田老夫人。哥哥問道：

「百合小姐還好嗎？」

「是啊，謝謝。」老太太像有什麼急事似的，用單衣的一隻紗袖按著胸口答道。

「好像已經沒什麼大礙了。大概是中暑了吧。」

「府上有醫生在，家人生病的時候就不用擔心了呢。」

聽我這麼回答，老太太不知所措地說：

「那個孩子彆扭得很，說什麼也不肯讓人幫她治療，眞是個麻煩的孩子。如果能有什麼法子就好了。我先失禮了。」

她慌慌張張地穿上木屐，打開側玄關門，走進外面的黑暗中。她拉上格子門時，一手還不忘抵在胸前，袖子裡似乎藏著什麼東西。

但是我和哥哥沒有留意太多，便回到自己的房間。

七月五日　星期日

酷熱的一天。我拖著一百四十五公分高、六十公斤重的肉體，在大太陽下走著。

我的父母——在疏散區信州定居下來，擔任當地高中數學老師的孤僻父親，與燒了一手好菜的樂天母親——在平等對待孩子這點上，不啻是一對理想父母。只有一點他們仍犯了明顯的不公平，就是他們給了我哥雄太郎直達房簷的身高，卻給做妹妹的我如栗子般圓滾矮胖的身材，直到今日我還常常向母親抗議。只不過在運動神經方面，我倒是接收了不輸給大哥的遺傳，而運動神經這玩意兒，正好塡補了身高的不足。

箱崎醫院的大門已來到眼前。我呼了一口氣，抹去汗水。暑假的兼差工作都讓給其他人了，所以從今天開始，我是自由之身了。哥哥今天有事，好像到晚上才會回來，但明天起應該就有空了。若是這樣，我們兩人可以一起回信州一趟。春假的時候，兩人時間湊不攏，所以沒回去，兩老一定很早就在盼望我們回鄉了。

走進大門，醫院的大玄關前有個面生的老人在拔草，看來是附近農家受雇來工作的。這個宅院占地極廣，而且開醫院這一行，周圍的環境都得打掃乾淨才行，所以一到夏天，除草也是一大要事。箱崎醫院生意興隆的景況，我才搬來一天便看在眼裡了。一如介紹人牧村大哥所言，兼彥院長天性認眞負責，加上診斷確實、手術高明、處處爲病人著想，因此也有家住遠地的人聽到風評前來就診的。雖然我走進醫院時，候診室裡一個病人也沒有，只有一片清涼的藍影。有人換了窗簾，窗口變成了一片清新的天空色。

樓梯下方的三角空間，野田護士正坐在椅子上打盹，膝上展開著一本女性雜誌。我一走近，她猛然張開眼睛。

「哎呀，我怎麼睡著了？」

野田露出凹凸不整的牙齒，和善地笑著。

「天氣這麼熱，病人也會選清晨或傍晚時才來吧。一閒下來就更昏昏欲睡了。」

這時候，診療室的門開了，出來的是一位長滿雀斑的大塊頭護士。箱崎醫院有三位護士，這位人見護士與家永護士大約同齡，主要好像是負責藥劑的調製。

「啊，人見小姐。」兼彥院長的聲音從診療室中傳來。「還有啊，如果山田先生來拿藥的話，叫他不要搽太多軟膏，只要早晚兩次就行了。」

「好的。」

人見護士關上門，穿過候診室往藥局方向走去。同時，樓梯上響起有人下來的腳步聲。是平坂勝也。在床上躺了幾天，他的臉色有些泛白，但結實的體格看起來一點都不像病人。他穿著漿過的單衣，紮上黑色的束帶，一派悠閒地抽著插在象牙菸斗的香菸，從玄關走出去。

「欸欸，悅子。」

野田拉拉我的袖子說。

「那個平坂先生，叫他太太回家去了。」

「因爲身體復元得差不多了，不需要照顧了吧。」

「話雖然是這麼說，但也不用急著趕她回去吧——只要再過兩三天就可以出院了呢。讓太太待在身邊直到出院不好嗎？今天上午，他突然叫太太『回去』，說是『我已經不用人照顧了』，還說『主婦老不在家像話嗎』。醫生看不過去，也在一旁勸他，還有兩三天，就讓太太待著，但完全沒用。那個人只考慮自己的方便，決定好的事別人再怎麼說都沒用。而且他絕不容許別人犯一點小錯。若只是發一頓脾氣那也還好，但他還會使壞心眼找機會報復。像上次也是，太太只不過買錯了牙粉……」

「野田護士。」

後面響起話聲，是家永護士。野田像被打到一樣彈跳起來，手裡拿過掃把，開始掃地。我忍不住笑了出來。

於是，我打開中間門，往別院的方向走去，我想把買來的書《幼兒的音樂教育》交給敏枝夫人。

夫人正在女傭香代的幫助下，在後院曬衣服。我說明來意，她急忙擦乾手。

「哎呀，眞是太感謝了。我一定會努力讀的。不懂的地方再請悅子小姐教教我。」

她邊說邊拿出兩百八十圓書錢給我。

突然間，幸子砰砰砰地大步跑來。

「媽媽，奇米不見了。」

幸子才剛說出口，便哇的一聲哭出來。

「咦，奇米嗎？牠不是在跟妳玩？」

「不見了啦、不見了啦。」

「別叫得那麼大聲，英一哥哥在讀書。媽媽把這些衣服曬好，就去幫妳找，妳等會兒哦。」

「不要啦，現在就去找！悅子姊姊，幫我找奇米啦。」

幸子攬住我的腰大聲叫道。

「幸子，不許那麼不懂事！」

夫人語帶責備，但孩子這時哪聽得進去。她拉著我往裡走。我沒法拒絕，只好讓她拖著前進。整個屋子繞了一圈，都沒有看見貓的蹤影。穿過放著鋼琴的西式房間時，我聽到某處傳來一個奇怪的聲音，好像有人在搬弄門板。

「咦，什麼聲音？」

幸子也聽到了。

「好像是有人想開哪裡的門。」

「是奇米？」

「不會是奇米。若是奇米的話，牠應該會喵喵叫吧。」

不過，我們倆還是手牽著手，循著聲音的方向走去。微暗的走廊盡頭，有扇通往外面的門。那扇玻璃門敞開著，所以夏天的陽光鮮亮地閃映在眼中。走廊右手邊有兩扇黑沉沉的木門，聲音就是從裡面傳出來的。幸子跑過去，用小拳頭敲起門板呼喚。

「誰啊？奇米？」

「是幸子嗎？幫我把插鎖打開，妳搆得著嗎？」

那個聲音是桑田老夫人。

「什麼嘛，原來是外婆。」

幸子發出喪氣的聲音。門板的正中央有個拴緊的插鎖。這棟房子無論廚房或浴室，只要靠走廊的門都有加鎖。爲的是萬一小偷進來的話，可以防止損害波及到其他房間。

我轉開插鎖，同時出聲喚道：

「鎖拉開了，我開門囉。」

有兩三秒鐘沒有回應，想來是我的聲音出乎她的意料，而在思考吧。不過沒一會兒，門板咔拉拉地開了，老夫人露出臉來。後面是一個霉味嗆鼻的幽暗房間，陳舊的衣箱和一些破銅爛鐵胡亂堆放著。

「是悅子小姐呀。多謝妳。」

老夫人有些困窘地擠出笑容說。

「我想要找東西，結果被人關起來了。」

1 沒有鋪榻榻米，而是鋪地板的房間。

「是誰把妳鎖上的呢，外婆？」

幸子仰起頭問道。

「不知道。可能是妳媽媽或是香代吧。外婆被那些箱子遮住了，所以她們沒看見。」

然後，老夫人又稍微遲疑地小聲說：

「幸子，外婆被關起來的事，不要跟別人說哦。」

「爲什麼？」

「因爲呀——太丟臉了嘛。」

幸子點點頭，我也裝出沒這回事地點點頭，順便問道：

「老夫人，我們在找奇米，請問牠有沒有進到這房間來？還是到什麼地方去了？」

「奇米啊……牠輕手輕腳地跟在我後頭，可是不知道鑽到哪裡去了。」

老夫人把暗紅色的電燈光照向雜物間的各個角落。

「沒有欸，幸子。我們走吧。牠可能鑽到緣廊下面去了。」

我催促幸子離開，因爲桑田老太太不想讓別人發現自己在那裡。若非如此，她可以大聲呼救。可是她不但沒呼叫，還悄悄地想試著自己開門，肯定是在找一些會遭人譏笑的大時代古董吧。就因爲如此，結果貓也沒找到，我們又回到原處。

「對不起，這孩子眞不聽話。」

敏枝夫人把曬乾的布取下，一面慌亂地回過頭。

「還是沒找到。會不會跑到外面去玩了？」

「我想應該不會。牠來我們家才不過十天，而且又是非常黏人的貓，只會去有人在的地方。而且就算到室外，也只在院子裡走動。」

我找了個適當時機離開現場，若是再被拉著去找貓，可眞受不了。

有人敲門，我從讀得正專心的偵探小說中抬起頭來。

「悅子小姐，我有點事想跟妳說。」

是野田的聲音。

「請進，門沒鎖。」

我的口氣有點冷淡。難得讀到正精采的地方，卻被那個饒舌的丫頭打斷，心頭不太高興。

不過，野田說的事卻出乎我意料。

「悅子小姐，您有沒有看到平坂先生？」

她把門開著，用不太尋常的禮貌口吻問道。我噗嗤笑了出來。

「說什麼『您』嘛。剛才不是在樓梯口碰到他嗎？妳跟我在一起的時候——」

「不，我說的是在那之後。」

「沒看見。怎麼了嗎？」

「平坂先生他……不見了。」

野田降低了聲音，分得很開的兩個眼睛帶著不安。

「妳說不見了——是指他剛才出去後，就再也沒回來過嗎？」

「如果他確實出去的話，就算找不到人也沒什麼奇怪的，可是他並沒有出去。」野田宛如聽到鬼魂的腳步聲一般，輕輕地回過頭看一眼，又小聲地說：「那個人雖然從玄關出去，卻沒有走出大門。因爲大門附近，有個名叫松造的農人在除草。太太和香代在後門那邊晾衣服。他們三人都說沒有看到他出去。妳不覺得很奇怪嗎，悅子小姐？」

「那他一定還在某個地方吧。」我有點不耐煩地說。「那妳是何時發現他不見的呢？」

「剛才才發現的呀。因爲那個人的房間是單人房，我四點去巡房量體溫的時候，二號房沒人，我想他大概去廁所吧。等了一會兒沒見他回來，就到下一個房間去了，然後我便完全忘了這回事。因爲平坂先生已經不需要量體溫了嘛。後來到了五點，香代來送晚飯，要分送到各房去。二號房是人見護士送的，但她馬上回來問我：『野田，平坂先生不在嗎？』我嚇了一跳，便說出量體溫時也沒見到他的事。我們以爲他沒說一聲就外出了，但問了幾個人，都說他既沒從前門，也沒從後門出去。」

「欸，野田小姐，我和妳站在樓梯口聊天，看到平坂先生，是還不到兩點的事吧。我記得好像是一點四十五分左右……」我從書桌前起身，一邊看向手錶。現在是五點十八分。我又問：「那麼，最後看到平坂先生的人，就是我和妳了嗎？」

「不是。最後看到他的是松造呢。他正在玄關前的花圃裡，重新立起向日葵的支架。平坂先生從玄關走出來，佇立了一會兒，指著花問東問西的，然後抽了五分鐘還是十分鐘香菸，就轉到屋旁的方向去了，所以他並沒有從大門出去。」

「屋旁是指——藥局嗎？」

野田和我來到走廊，屋裡顯得有些亂哄哄的。住院病人和照顧的家人全都來到各房的門前，好奇地左右張望。人見、家永兩位護士則打開空病房和寢具間的門，探頭查看。走到樓下，兼彥院長一臉疑惑地杵在候診室的中央。與別院間的中間門正好開了，敏枝夫人走了進來。

「兼彥。」夫人帶著略微蒼白的臉，往丈夫的方向走去。「還有另一件怪事，媽媽不見了。」

「媽媽？」兼彥院長瞪大了眼睛注視夫人的臉。「不見了？什麼時候不見的？」

「下午以後就一直看不見人。我問香代，她說媽媽換了衣服出去了，所以我也沒太放在心上。直到剛才，聽說平坂先生不見了，我才想起媽媽的事。我再次去問香代，但怎麼看都很奇怪。」

夫人稍稍停頓了一下，然後又繼續說：

「香代說，大約是下午一點半左右，她到房間去拿要上漿的布，看見媽媽從櫃子裡拿出箭羽花色的外出服，便問，『您要出門嗎？』媽媽說，『是啊，要出去一下，我自己就能換衣服，所以不用告訴敏枝了。』所以香代說，她直接到後面去，開始曬衣服。」

「所以，香代實際上並沒有看到媽媽出門的情形？」

「就是這樣。而且，連松造也說沒看到媽媽出門的身影。這不是很奇怪嗎？後門則有我和香代在——」

「妳確定嗎？」

兼彥院長狐疑地反問。

「松造那邊我不敢說，但後門那裡絕對沒有錯。我四點多還在後院裡。香代要準備晚飯，所以先進屋裡了。」

「四點之後呢？」

「我進到屋裡之後，英一也在。後面木門那裡傍晚時比較陰涼，所以英一拿了張椅子在那兒看書。那孩子眼睛很尖，不可能有人走出去他卻沒發現。」

「的確。但是，我怎麼想也想不出，平坂先生怎麼會和我們家媽媽一起出門。」

「問題就在這裡。他們兩個人沒有任何關係，而且媽媽根本不認識平坂這個人。或許聽過名字吧——我怎麼有種不太好的感覺——再加上貓咪也不見了。」

「貓咪？奇米嗎？」

「是呀。幸子哭得稀里嘩啦，可是哪裡都找不到。對了，悅子小姐。」敏枝夫人這才發現我的存在，轉身對我說，「幸子發了牛脾氣，所以悅子小姐才去幫她找的，對吧？那時候她沒看到我家老太太嗎？」

「沒有。」

雖然這麼回答，但我心底還是有點忐忑。真要說的話，最後看到桑田老夫人的是幸子和我兩人。我把雜物間的門打開時，老夫人身上的確整整齊齊地穿著有箭羽紋的薄衣。要不要照實把事情說出來呢？但是她似乎不想讓人知道自己在雜物間的事。如果幸子說出來的話，他們就會知道我在說謊，不過，到時候再說吧。

我做好決定便走開了。

出了玄關，從藥局的拐角轉彎過去，我仔細地四處察看。我第一次走到這棟屋子的這一側。這一邊有藥局、候診室、手術室三個房間，但有窗的只有正中央的候診室，從窗口看得見天空色的波紋窗簾在搖曳。今天下午兩點前，如果有人站在窗前望向室外的話，就能更清楚地知道平坂的行蹤了，但是不湊巧，那時候一個來看病的人都沒有。

我試著回想在出事時刻，屋內人們的位置。首先，我自己和野田站在樓梯口說話；兼彥院長在診療室；人見護士在藥局；家永護士責備野田愛道人長短之後，就走到護士室前的長鏡子處。另外，松造老爹在大玄關前的花圃。這些人在我去找貓回來後還在各自的位置，所以都不可能目擊平坂的行動。二樓有六七位病人和他們的家屬，如果各別都待在自己房裡的話，他們沒看見應該不是說謊。但是如果平坂穿過屋子旁邊，繞到後面的果樹附近，那又另當別論，應該有不少人有機會看見他。

我沿著木板牆緩步走著。平坂行蹤不明成爲問題時，這條路應該已經有人找過了，我現在走的地方，不太可能發現新的線索。不過沒有親眼確認一下，我的好奇心就沒法滿足。

木板牆和我已經看過的前面牆壁一樣，高度都有兩公尺左右，在那之上還插了一列十二公分頂端帶尖的鐵杆。可能是這房子以前的住戶安裝的。鐵杆已經生鏽了，但看起來對防小偷還是非常有效果。一個大男人在沒有墊腳台的條件下想要越過這道牆，是一件相當困難的事。就算身體再怎麼硬朗，病後初癒且穿著便服、腳踏木屐的平坂先生，實在很難相信他能翻過這道牆，更別說七十歲的老太太可能做到。

房子西北角附近種了四棵銀杏，樹下有個土堆隆起的地方。我走過去繞到它後面，那裡開了一個黑乎乎的四方形口，原來是防空洞。箱崎家買下這房子是在戰爭之後，所以這個防空洞一定是前一個屋主設置的。我踏下有點崩塌的石階，走進防空洞裡。濕氣和熱氣令人感到窒息，洞裡約有一點五坪大，最裡處幾乎沒有光線，一片漆黑，當然一個人影也沒有。再次回到太陽下面時，我忍不住吞了口唾沫。還有蜘蛛絲黏在我臉上。

我繼續往院子後方走去。這裡隔著一定距離種了柿子、梨和李子等常見的果樹。柿子樹上結了直徑三公分大小的纍纍果實。我謹慎地在樹下來回檢查，但是沒有留下一個腳印。地面是乾的，腳印留不下來（見附圖二）。

於是，我不得不歸納出一個結論，那就是敏枝夫人、英一、松造老爹等人中，一定有人說謊。就算不是故意說謊，也可能是看錯了。他們既沒運用遁地之術，又沒有走出大門或後門，斷無在這道牆內消失的道理。

我回到屋子前方，門前停了一輛汽車，平坂清子夫人正要下來。應該是接到電話通知，特地趕來的吧。兼彥院長和敏枝夫人彷彿迫不及待般出門相迎。他們問了許多問題，清子夫人每回答一句，便搖一次頭，露出毫無頭緒的表情。

我手錶上的時針，指著六點。

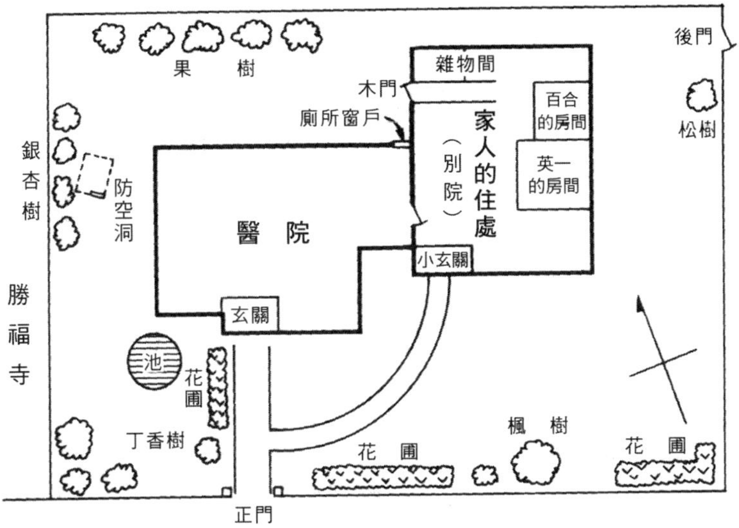

附圖二

箱崎醫院的走廊和候診室，都充滿了一種不舒服的氣體，那是「緊張」和「不安」形成的混合體，彷彿只要有人擦燃一根火柴，就會立即引起歇斯底里的爆炸。這窒悶的空氣隨著時間，密度也越見增加。不論是誰，胸口都能感受得到，不論是誰，心中都被牽動，思索著失蹤的兩個人。更正確地說，是在思索「這兩個人到底是怎麼不見的」這個謎的答案。如果說兩個獨立的大人不告外出，回來得稍遲一點，人們並不會那麼擔心。但是，他們的外出若是在不可能的狀況下進行，人心就會產生不安。因爲，這讓每個人對心中無意識抱持的、有關時間和空間法則的信賴產生動搖。爲了排解這種不安，家永護士拿著毛巾和肥皀盒到澡堂去。野田護士自稱頭痛，早早躲進護士室去。所以，晚上八點就由人見護士來量體溫。

八點剛過十分，我想起手帕忘在樓下的廁所，便下樓去取。那時，候診室的電話鈴聲響了。幾位護士小姐由於剛才所說的種種原因，無法出來接聽，我沒多想就走到電話前。

「箱崎醫院。」

我說到一半，手不自覺地握緊話筒。

「我是平坂……」一個男人的聲音說。「我是平坂，清子來了沒有？那是我內人。」

「太太她在二樓——我現在去叫她。」

他還沒聽完我的話便說：

「啊，不用去叫她，幫我傳個話給她就行了。我有商務——懂嗎？商務——就是工作上的要事，必須去名古屋一趟，大約三個星期才能回來。請幫我跟她說。就這樣。」

「欸，等等。」

我慌張呼叫的時候，電話已經掛斷了。我急得手足無措，立即按下電鈴。

「發生什麼事了，悅子小姐？」

人見護士一臉不耐煩地站在背後，我把來電的事告訴她。

不到一分鐘，我身邊圍成了一圈人牆。

「對不起，讓大家擔心了。」

「真的是平坂先生打來的嗎？」

兼彥院長半信半疑的表情。

「我也不太認得那位先生的聲音就是了。」我遲疑地回答。「像這樣，有點鼻音，語尾有點上揚的習慣。」

「而且聲音粗啞？」清子夫人補充了我不好意思說的事。「沒錯，就是我先生。眞是不好意思，給妳造成這麼大的麻煩，連聲謝也沒說就掛斷了。」

「不過，這樣不是很好，至少知道他平安無事！」

敏枝夫人壓抑不住怒氣，憤憤地說。兼彥院長也瞪著清子夫人的眼睛說：

「如果知道他病才剛好，就要到名古屋去旅行，身爲主治醫生，我還有很多事要叮囑他呢！」

「眞是抱歉。」

清子夫人不斷鞠躬哈腰說抱歉。

三十分鐘後，清子夫人把衣物整理好，坐上轎車回去了。雖然病人不在，辦理出院手續很奇怪，但也勉強算是出院。

清子夫人離開後，敏枝夫人按捺已久的擔憂和沮喪終於爆發，忍不住痛哭起來。兼彥院長煩惱不已，打電話給想得到的親戚，但老太太的行蹤仍然音訊杳然。平坂如果不是那麼我行我素，就可以請他說明他是如何從醫院出去的——雖然這是別人的事，但連我也被搞得心頭亂糟糟的。

如果這時不是發生了一起突發事件，兼彥院長肯定還在太太的催促下，一整晚不停地打電話。而這起突發事件是這樣的。

清子夫人出去還不到二十分鐘，大玄關的門刷地一聲開了，我哥哥雄太郎衝了進來。哥哥進來後，把門整個打開。

「在這裡。」他衝著外面喊道。

「哦，多謝。」

隨著粗厚的嗓音回答後，一個男人背著滿身是血的女人驟然走了進來。那場面因爲太嚇人，我們全都呆住了。野田尖叫了一聲，連平時最冷靜的兼彥院長，臉頰的肌肉都霎時僵住。只有在外頭一整天、完全不知家裡出事的哥哥最是鎮定。

「被小貨車撞了。」

聽到這樣的說明，發現只是單純的交通事故後，每個人的臉上都浮現了然於胸的放心表情。醫師和護士立刻動手緊急處理，我和哥哥則回到房間。

我把今天發生的事，鉅細靡遺地告訴哥哥。哥哥先是默不作聲地傾聽，最後，撥開覆在額上的柔軟黑髮，喃喃地說：

「這到底是怎麼一回事？昨晚，老太太說：『如果能有什麼法子就好了。』這又是指什麼？」

七月六日 星期一

「哥哥。」我打開七號房的門，對著還賴在床上的哥哥叫道。「奇米回來了呢，哥哥。」

「奇米？那是什麼？」

哥哥慵懶地翻了個身，抬頭看我。

「奇米就是那隻貓呀。昨天，平坂和老太太不見的時候，牠也一起失蹤了。」

「所以妳說，那隻貓回來了？」

哥哥把身上敞開的睡衣合攏，吃力地坐起身。

「是呀。剛才去洗臉時從窗口往下看，奇米在院子裡正逗弄著草葉玩。原來牠回來了。」

「我們去問問。」

哥哥眨眼間已穿好衣服，胡亂洗了把臉便走下樓去。院長夫妻站在候診室的電話旁，一臉憂心忡忡的樣子。

「我母親嗎？昨天晚上最終還是沒回來。」

敏枝回答我們的問題。

「家有電話的親戚和舊識，昨晚全都打去問過了，但沒有人知道。今天早上，我又讓英一和家永護士到各地去找。如果實在找不到，恐怕就必須去報警了。」

「可是，小貓不是回來了嗎？」

聽到哥哥的話，夫人顯得有點不耐。

「是啊，貓是回來了，這有什麼——」

「牠是獨自回來的嗎？」

「啊？哦，你說貓啊？不是，是來往的麵包店夥計抱回來的。昨天下午，麵包店的夥計看到小貓在廟的空地上徘徊，就把牠帶回家了。之後發現是我家的貓，所以今天一大早就把牠抱回來。」

「您說的廟是哪裡的廟？」

「就是勝福寺。在那邊——雖然就在隔壁，但從大門口過去得繞很遠。」

兼彥院長指著斜後方解釋。哥哥沒說話，陷入思考，好一會兒他抬起頭。

「您府上有防空洞吧？我聽悅子說的。」

「有的，但沒有用過。」

「能不能帶我去看一下？」

兼彥院長和夫人瞪大了眼睛，我也不明白哥哥為什麼會提出這個要求。

「那個防空洞的位置，就在勝福寺旁邊吧。當然，兩者之間一定有隔牆，但我是從距離來說。」

「這麼說來，的確是沒錯。」夫人不太情願地承認。「那又怎麼樣？」

「不，這只不過是我的想像。那個防空洞裡是否可能有條通往勝福寺的地道呢？如果真有此事，那平坂先生未從大門或後門出去的事實，便可以找到原因了，而且那隻貓有跟在人後面走的習慣，可以想像牠是隨著平坂先生進到地道去的。」

「可是，我們的防空洞沒有那種地道！」

「說不定是這樣，但還是去調查一下比較好。」

「我明白了。」兼彥院長沉吟道。「這想法雖然出人意表，但也不能說完全不可能。因為戰時很流行把防空洞築成地道——不過，連住在這屋子裡的我們都不知道，平坂先生又是怎麼知道的呢？」

「總之，調查之後就明白了。我們還不知道到底有沒有呢？」

「你們在說什麼東西有沒有？」

後面響起一個精神奕奕的聲音。是五號房的病人宮內技師。兼彥院長把哥哥的想法簡要地告訴他，技師誇張地揮手叫道：

「那太有趣了。我也要參加這個探險。」

他的聲音太大，以致護士和經過的病人全都聚攏過來。連在別院打掃的女傭都從中間門探頭進來看。百合的狀況似乎還是沒轉好，所以別院那邊一片悄靜。

我們一行人浩浩蕩蕩地來到室外，往防空洞的方向走去。

「都已經經過這麼久時間了，這個防空洞還這麼牢固。」

哥哥打量著洞口說道。

「清川先生一定是個膽小的人。」敏枝夫人突然迸出這句話。

「清川先生是誰呀？」

「就是這房子以前的主人，他也是位開業醫生。」

對話到此，哥哥率先鑽進洞內，我跟在後面，接著是好奇心強的宮內技師。洞裡應該和昨天一樣無甚變化，但可能是心理作用，總覺得有種不太舒服的沉重感。我再一次仔細地觀察洞內。這裡約有兩公尺乘三公尺那麼大，如果用電車擠滿人的狀況來說，說不定可以擠進四十個人，但高度不高，哥哥的頭快要碰到洞頂。四個角都立著塗有瀝青的大柱子，地上則以混凝土固定。入口石階旁的土牆上挖了一個三十公分見方的四方形凹槽，看來像是放蠟燭用的。為了防止點蠟燭時，光從入口洩出去，用木板做成屏風那樣的隔板立在石階和凹槽之間，但已經半腐朽地塌了。那一帶的黑土牆整面都是蚯蚓挖的洞，看了讓人噁心。

哥哥從剛才就好像用頭頂著洞，咔答咔答地發出腳步聲，來回踱著步子。

「在這裡！」突然間，哥哥叫了一聲，「你看，聲音不一樣。」

原來如此，用混凝土鋪設的地板上，有一個位置發出和其他部分不同的聲音。

「手電筒。」哥哥說。

因為那裡是防空洞最裡面的角落，暗得幾乎伸手不見五指，我從口袋裡拿出事先準備的手電筒，交給哥哥。

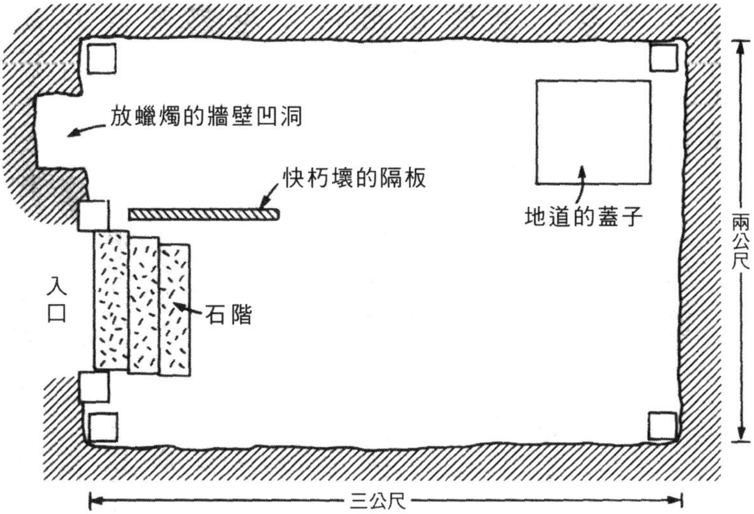

附圖三　防空洞

「發現什麼了嗎？」

兼彥院長從入口探頭進來，聲音有點緊繃。哥哥沒有回答，只是蹲下身子，在混凝土表面很謹慎地檢查。他的手突然動了一下。

「哦！」

宮內技師低聲喊道。地面一個角落好像被切開一般，被哥哥斜斜地拉起來，露出約六十公分見方的漆黑洞口。（附圖三）

「做得眞精巧。不注意的話還眞看不出來。」

哥哥欽佩地說。我摸了一下那個蓋子的木頭邊框，好像只有表面塗了水泥，所以比想像中要輕。宮內技師跑到防空洞口，向聚集的人們報告蓋子的發現，那得意的神情宛如在說明自己發明的新型機器。

哥哥朝洞裡注視了半天，接著慢慢把兩腳伸入洞中。從膝蓋到腰、胸口、肩膀，最後連頭都看不見了。

「等一等，我也要下去。」

「好。」

發出一聲悶悶的回應後，哥哥側身讓出一個位置。我學著他的動作，從腳慢慢滑下去。地洞下面大約是一個成人蹲坐的黑暗空間，前方有一條隧道延伸出去，只看到穿著開襟白襯衫的哥哥，拿著手電筒蹲著。如果不這麼做的話，沒法騰出空間給我。

「你也要下去嗎？」

頭頂上響起兼彥院長的聲音。看來他也進了防空洞。

「我也下去。」

回答的是宮內技師。他雖然左手還包著繃帶，今天本來預備要出院的，因此顯得躍躍欲試。

哥哥在隧道中蹲著前進。我跟在他後面，技師隨後也進來。

「有點恐怖呢。」

技師環顧洞裡，有點雀躍地大聲說道。

手持光源的哥哥領頭，三人緩緩地在隧道中前進。這隧道一直保持一個人蹲著前進的寬度，水平筆直地延續。走了七、八公尺遠時，哥哥停住步伐，把手電筒斜打向上，抬頭觀看。

「怎麼了？」

「沒有。」

哥哥搖搖頭，我們再次往前走。一開口說話，聲音就好像被周圍的土吸進去一般，變得很小聲。

「這是什麼？」

哥哥驀地說道。我從哥哥背後伸出頭，看見手電筒的光線中，有個白色的物體。一、二，共兩個。哥哥把光繞了一圈，再往前一步。那瞬間——

「啊！」

哥哥猛地往後退，撞到我身上。

「是人，是老太太呀，悅子！」

「老太太？」尖叫起來的不是我，而是宮內技師。

「你是說那個失蹤的……老太太嗎？」

「她死了。」

哥哥輕聲說道。剛才看到的白色物體，是老夫人的腳。

「快點出去，馬上通知他們！」

哥哥的話讓技師連忙改變方向。要在狹窄的隧道倒退回去時，除了讓最後一個人領頭先走之外別無他法。我們慌慌張張地轉向防空洞，這時，哥哥在我耳邊悄聲地說：

「走慢一點，慢一點。」

我不明白他的意思，不過還是依著他的話放慢了步伐。驚慌失措的技師沒有發現我們沒跟上，一味地往前走。

「就是這裡。」

哥哥停下腳步，這裡就是剛才進來時，哥哥暫停的地方。

「拿著，悅子。」

哥哥把手電筒朝上交給我拿，自己從口袋中拿出一把小刀，打開刀刃，快速地將刀刃插入土牆的一處。他從土中挖出來的，是一個直徑只有五公分的圓筒型金屬罐。罐子表面印著類似藥名的英文字。哥哥把金屬罐的蓋子轉開，倒出裡面的東西，塞進口袋裡，然後把罐子在沾滿泥巴的褲子膝蓋上擦了擦，小心翼翼地放回原來的洞裡。從塞進土裡到恢復原狀只花了十秒鐘。

「那是什麼，哥？」

「不知道，先出去再說，快！」

我們從防空洞的板蓋爬上去。

「真的嗎？真的已經死了？」

敏枝夫人激動地抓著哥哥的手不斷搖晃。

「馬上急救的話，可能還有救。」

兼彥院長聲音顫抖地說著，打算鑽到地道裡去，但哥哥阻止他。

「不行了。我按過她的脈搏，好像已經有一段時間了。」

「怎麼會死了呢？」

「她是被勒斃的。不是用繩子，是用手。我只知道這樣，細節我也不清楚。」

「如果是他殺的話，與其搬出屍體，是不是先叫警察來比較好？」技師說。

「這怎麼可以！你是說就這樣把她丟在那洞裡嗎？」

夫人大聲地斥問技師。

「可是，搬動現場是大忌。線索可能因此丟失。」技師爭辯地說。

「總之，先去看看現場的狀況再說。」

兼彥院長和不知何時回到家的英一，一起進入地道，愛看熱鬧的宮內技師也跟隨在後。

「我們得先去換衣服了，悅子。」哥哥說。

我們回到七號房。

進到房間，哥哥把門關上，內側用椅子頂著。這房間本來是爲住院病人準備的，所以門上雖然有鑰匙孔，卻沒有鑰匙。

哥哥從口袋中取出一個胭脂紅的皮製小盒子。

「你怎麼知道這東西埋在土裡？」

「我當然不知道啦。但因爲只有那個部分的土故意抹平了，所以我覺得很奇怪。」

哥哥用手指按下盒子上的彈簧，盒蓋啪的一聲打開。我們眼前突然閃現出美麗的光采，那是一只漂亮的白金戒指，靜靜安放在純白天鵝絨墊上。戒指的前端則是一顆散放著白光的大顆石頭。

「是鑽石呀。」

哥哥喃喃說道。

「是誰把它藏在地洞裡呢？」

「不曉得。我只知道這東西是最近才埋進土裡的，因爲金屬盒完全沒有鏽跡。恐怕埋不到五天吧。」

「哥哥。」我壓低聲音。「你看，這會不會是百合的東西？那位小姐從前天開始就突然病倒，可是我看她不像是生病。那張臉好像在爲什麼事苦惱，兼彥院長特意要幫她診斷，她卻連看都不讓他看，這不是很奇怪嗎？我說若是弄丟了這戒指，她不病也要病了。」

「原來如此，這也很有可能。她現在在家嗎？」

「應該在啊。聽說她向學校請了假，在家躺著。」

「這可好。悅子，我們去找她，但是妳不能一去就把這玩意亮出來哦，知道嗎？我是從剛才那宗殺人案的角度來看的。」

我從院子繞到別院。家裡的人全都集中到防空洞去了，別院裡一點人的氣息都沒有。雖然是夏天，但百合房間的拉門還是關得緊緊的，安靜無聲。

「百合小姐。」

我在門外叫她的名字，心頭突地一驚，倒不是看到了什麼，只是感覺到有什麼動靜，像是有人嚇了一跳。我走上緣廊，使盡力氣拉開拉門。當時爲什麼會如此大膽，做出這麼失禮的舉動，現在想來還是無法理解。或許是才剛看到可怕的景象，因此對危險的直覺特別敏銳的關係吧。

拉門一開，映入眼簾的是身著睡衣、一臉煞白的百合。

「啊，不可以！百合小姐！」

說時遲那時快，我已經先抓住百合，從她手上把小玻璃瓶奪下來。

「妳爲什麼要做這種傻事！」

我責罵似的說。百合愣怔地看著我的臉，俯倒在榻榻米上哭了起來。

「百合小姐，妳說呀，爲什麼想尋死？快告訴我——」

但是，她只是抗拒地直搖頭。

「妳不肯說嗎？那也沒關係，但是請妳無論如何回答我這個問題。百合，妳見過這個盒子嗎？」

百合微微地抬起頭。她眼睛瞪得大大地，直到現在我都還覺得，那對眼珠子就快要跳出來似的。她猛地伸出手，想從我手上搶過那個盒子。我想也沒想便將它藏在身後。

「不能給妳。妳得先回答我的問題。這個，是誰的東西？是妳的嗎？」

「是我的。那是我死去母親留給我的遺物。」

「裡面是什麼？」

「戒指。白金指環鑲了鑽石。盒子背面還有一行很小的燙金文字，寫著

F・C・M・1878。」

我點點頭，把盒子塞進她手裡。

「這，在哪裡找到的？」她喘息地說。

「不知道。是我哥哥找到的。」

「那麼，只有妳和妳哥哥知道嗎？悅子，拜託妳，戒指的事別對任何人說，求求妳。」

「可以啊，如果妳跟我約定，不會喝下這瓶藥的話。還有，百合，妳能不能告訴我，妳是在何時、什麼地方把這戒指搞丟的？」

「我會說，但不是現在。我頭好疼——等冷靜一點，去向你們道謝時會告訴妳的。現在能不能讓我獨自靜一下？」

我考慮了一會兒之後，站了起來。

「好的，我相信妳。那妳多保重。」

我特意沒說出老夫人的事，便離開了。她的房間距離防空洞最遠，一定還不知道這回事。

一邊穿過院子，我心裡突然不安起來。於是再次回頭，從曬著幸子尿床的被子後探出頭看，這一看令我差點叫出聲來。那個自稱頭疼、想冷靜一下的百合，不正提著學校的書包，從後門出去嗎？她似乎十分心急，一邊走一邊看錶。走出後門，便加快腳步不見人影了。

防空洞那邊，老夫人的遺體正要被運出來。可能是有人報警，來了兩名制服警員。老夫人穿著我昨天看到的細箭羽紋單衣，腰帶也綁得很整齊。屍體旁邊有個東西，是紫色的縮緬綢方巾，與一雙簇新的木屐，很整齊地擺在一旁。

「你能預估死亡時刻嗎？」

其中一位警官回頭看著兼彥院長，院長臉色發青地朝屍體瞄了一眼，立即轉開視線。

「可能已經經過一個晝夜了。如果檢查胃的內容物，應該會更正確。解剖的部分，可以由警方效勞嗎？」

「那是當然的。」

他們交談之際，警視廳的車子到了。警方宣布接下來要開始詳細地搜查地道，並且檢查指紋，我雖然不願意，但也只好遵從命令，跟其他人進到屋裡去。

刑警問了三打以上的問題，把結果一一記錄到手冊中。

「最後看到被害者的是誰？」

他們提出這個問題時，我在心中小小地吶喊：就是我。哥哥從後面戳了戳我的背。就算他不這麼做，我也早就打算把雜物間的事坦誠以告。我幫老太太從雜物間脫困的事實，他們遲早會從幸子口裡聽到。那個時候，我的立場會更加困窘。我往前一步，打破沉默。

「我有看見她。我不確定我是不是最後一個人，我想應該是昨天下午大約一點五十分或五十五分吧。」

「在哪裡看到？」

皮膚微黑的胖刑警，張著圓睜睜的眼睛盯著我的臉。我便將事情經過一五一十地說了。兼彥院長和敏枝夫人大吃一驚，眼帶埋怨地瞪著我。

「之前是我忘了，因爲我不曉得它有這麼重要。」

我支支吾吾地解釋。事實上我不認爲自己早一點把雜物間的事說出來，就能救可憐的老夫人一命。從這層意義來說，隱瞞這件事，我幾乎沒有感到任何良心上的苛責。但是這並不表示，我有夠厚的臉皮、夠強壯的心臟，足以面對傷心的家屬。因此當人群後面發出的聲音引起衆人注意時，我眞的覺得得救了！

「若是這樣，那可能是我吧，警察先生。我應該才是最後看見這家老太太的人。」

聲音的主人是小山田澄子太太。

小山田太太臉頰脹得通紅，排開左右的人，走到候診室的正中央。然後，她亢奮地拉高聲量說：

「我眞的看見她了，從洗手間的窗口——老太太抱著一個用紫色方巾包著的、這麼大的四方形物件，從那邊的門口出去。然後，她通過洗手間的窗台前，往左方走過去。」

「妳說的門口，是哪裡的門？」

刑警環顧四方尋找門的位置。

「不，不是這裡的，是從洗手間窗口看得到的門。」

小山田太太忙不迭地解釋。而我立刻就明白，她指的是那個雜物間側邊的門。但是，刑警不了解這棟房子的構造，不得不實際從「洗手間窗口」伸出頭去，才能確定該門口的位置。

「那麼，是什麼時候的事？」

他回到座位，繼續詢問小山田太太。

「大約是一點五十七分左右。」

小山田太太很有自信，挺起胸膛答道。

「一點五十七分，記得眞細，妳怎麼能這麼確定呢？」

「我很確定。那個時間我記得非常清楚。原本我在那時候下樓，想請護士幫我們打開太陽燈[1]。但在途中，我去洗手間，用那裡的水龍頭洗手時，就看到老太太了。後來，我想到診療室去——一向都是在診療室開太陽燈的——去到那裡，聽到哪裡的收音機在說『空中討論會到此結束』，然後我就聽到報時聲。因此，我才想到今天是星期日，是太陽燈休息的日子，於是轉身回到自己房間去。空中討論會結束的時間固定是兩點。每個星期日的下午。也就因爲如此，這個時間絕對是不會錯的。」

「原來如此。那麼，被害者的服裝呢？」

「你說老太太嗎？她穿著黑灰色箭羽紋薄衫，繫暗紅色腰帶。沒有撐傘，而是抱著這麼大的紫巾包袱。」

1 以紫外線在醫療上幫助健康的人工水銀燈。

「太太，妳看到屍體了嗎？」

刑警尖銳地問道。小山田太太誇張地伸長脖子。

「我嗎？我才沒有呢。我連看到老鼠屍體都會嚇得發抖。死人的樣子，就算你送我紅包，我都不敢看。」

她取出華麗的格子紋手帕，擦去鼻頭上的汗水。

「其他還有人看到帶著包袱的被害者嗎？」

刑警朝全體群衆環視了一遍說。

「沒看見。我的房間在洗手間正上方，但那個時間，我跟同房的桐野先生在下象棋。」宮內技師說。

「我想我那時應該在診療室，但可能在閱讀昨天寄到的醫學雜誌。」

兼彥院長說。結果，看到老夫人抱著包袱身影的人，除了小山田太太之外，沒有別人。她對於自己是最後目擊者這個事實，似乎有些沾沾自喜。她努力閉緊難忍喜悅的嘴唇，一個人退回後面去。

訊問仍然繼續在進行。刑警對仁木雄太郎推理出地道存在的經緯，非常有興趣——似乎還有更多的懷疑吧。但哥哥一副局外人的表情，想必昨天一整天他都有明確的不在場證明。

但是，若要說吸引刑警更多注意的事件，那就是平坂勝也的失蹤了。因此我們必須再次各別說明最後看到平坂的場所與時間。但是結果，所有確認的事實，都不出昨天我從野田那裡聽到的範圍。

刑警為求愼重，命令部下搜索二號房。二號房在平坂夫人離開後，成為車禍住院的大野小姐的病房。昨晚雖然讓我們受了不少驚嚇，但她的傷並沒有看起來那麼嚴重。她欣然同意警方搜索房間，但是搜索了半天，還是徒勞無功。平坂在那個房間所有的東西，都已被清子夫人收拾得一乾二淨了。

關於密室的存在，在場者沒有一個人知道。建造這個防空洞的清川醫師，和勝福寺的前住持當然是知道的，但兼彥院長是透過友人買下這棟房子，和清川醫師並不認識，現在也不知道該去哪裡找，只能把仲介友人留下的聯絡方式交給刑警。

正好這時，一位年輕的警官拿著紙包的什麼東西，從外面進來。這位去追殺人犯未免可惜的英俊青年，全身沾滿了泥巴和蜘蛛絲，令人很不忍心。他走向正前方的刑警，在他耳邊說了些悄悄話，然後把紙包交給他。刑警點點頭，打開紙包。一時間，大家的目光全都集中在那張髒汙的茶色紙包上，彷彿看著一條會跑出鴿子的手帕。裡面放的是一支象形菸斗，和沾滿泥巴的金屬罐。

「有誰看過這個罐子？」

衆人不約而同地搖搖頭。其中搖得最厲害的，看起來似乎是我。站在一旁的哥哥，眼神漠然地看著金屬罐。

「那麼這個呢？」

「那是平坂先生的菸斗。」人見護士說。

「那位先生早在醫生允許之前，就用那支菸斗吸菸了。」

野田護士也跟著附和，她顫抖著回答，那是平坂先生從玄關出去時吸的菸斗。

「這麼說，那位小姐也看見了囉？」

刑警把視線轉向我。

「我記得是跟那支同款式的菸斗，但是因爲我沒有拿過來看，所以不能確定是不是完全一樣。」

我一回答，站在左邊的英一回過頭遞了一個微笑，那是一個譏諷的笑。我有點惱火。就在這時，鈴聲響了。野田走到電話前面，我沒對她太注意，但下一秒鐘卻被野田的尖叫聲嚇得回過頭。尖叫？那恐怕是連尖叫二字都無法形容的聲音。她自己後來只能回問了一句：「你是平坂先生嗎？」——離她最近的宮內技師跑到她身邊，端詳她的臉，然後大聲地傳達野田囁嚅說的話。

「她說是平坂打來的。」

刑警把電話搶過來，但立刻又沒好氣地回頭。

「掛斷了。」野田哭喪著臉說。

「他到底說了什麼？」

「他說：『是箱崎醫院吧。』然後又說：『我是平坂，如果醫生或太太在的話……』我突然覺得很害怕……」

「這不就糟了嗎？突然發出那種莫名其妙的聲音。」

兼彥院長氣急敗壞地罵道。

「對方也太過分了，那個人總是這麼我行我素。」人見護士憤憤地說。

「他一定以為我們還沒有發現屍體，所以才這麼泰然自若，但是這邊接電話的氣氛有些詭異，所以便匆匆掛了電話。」

宮內技師自信滿滿地說。

「話說回來，被害者所持的四方形包袱，裡面放的究竟是什麼呢？你們有沒有印象？」

院長夫婦聽了刑警的話後，互相對看思索了一會兒。

「我沒印象。檢查一下母親的物品後，或許會知道。她平常用的物品都放在裡面的小房間，其他的雜物應該在雜物間。」

「那麼我們先去雜物間看看。」

刑警和家屬一起往別院走去。

「那個金屬罐和菸斗會放在什麼地方？」

小山田太太抓著身邊的人反覆問著這個問題。

「你們到底在說什麼？」

家永護士從玄關走進來，表情驚訝地問道。她接下敏枝夫人的指示，到外面去打聽老太太的消息，所以今天穿著灰色套裝，拎著洋傘。

「老太太過世了。被人殺死的，好慘哪。」

人見向她說明。

「怎麼會有這種事！我不相信。」

「是眞的。警方一直調查到現在。他們說外出的人回來之後，要接受盤查。你和百合都是。」

「百合小姐不是生病在家休息嗎？」

家永訝異地問道。

「可能自己一個人到學校去了吧。她明明早飯也沒吃，一直躺著呢——可是剛才發現百合竟然不見蹤影，太太都快昏倒了。打電話到學校去，她正好端端地在上課呢。告訴她老太太出事了，她大受驚嚇，說要馬上回來。現在應該快到家了。」

護士和病人們還在繼續議論紛紛，我和哥哥則回二樓去了。

我一直急著想在那天找個機會攔住百合。未曾得知一個可以接受的理由，就把那只戒指藏起來，讓我好像成了幫凶，不由得心情惡劣起來。最重要的是我對她眞的非常生氣。雖然她沒讓別人知道，但她發動自殺未遂事件，後來用哀痛的態度拒我於千里，自己卻彷彿沒事地到學校去，這到底是什麼心理？那時候，如果我把老太太橫死的事告訴她，她說不定還會採取更奇怪的行動吧？爲了一個素昧平生的陌生人，弄得我如此心情大亂，實在是——我一個人氣憤難平地在房裡來回踱步。

「悅子，來一下。英一到門口去拿郵件，我們去問問他事情發展得怎麼樣了。」

哥哥從門口探頭進來，向我招招手說。這已是下午三點以後的事了，我跟在哥哥後面步出房間。

我們兄妹倆在院子裡漫無目的地走著，向英一詢問詳情。

「解剖的結果，剛才終於知道了。」他好像在談大學裡解剖學的實習課一般，以冷靜的口氣繼續說道。「死亡的時間，是午飯後的一個小時到一個半小時。昨天我外婆是十二點四十分左右用完午飯，所以死亡時間正好是下午兩點左右。死因是扼殺——用兩手將她勒斃，但光是這樣仍無法了解凶手的性別。再怎麼說她都是個老年人，若想殺她的話，不用很強壯的人也能下手。」

「紫巾包袱裡的東西，知道是什麼了嗎？」

「哦，那個啊，大致確定了。在外婆的物品中，有一個茶壺不見了。那是一個大約這麼大的圓茶壺，放進桐木盒的話，正好成爲三十公分的立方體，跟那個忘了叫什麼名字的女病人的證詞完全吻合，而且香代說，前天打掃雜物間的時候，還看到它收在角落的櫃子裡。」

「那是一件相當有價值的東西嗎？」

「不是，東西本身好像並沒有什麼價值。江戶時代中期的作品，現值兩萬五千圓。以前我記得聽外婆提過，但我對那種東西沒什麼興趣，可能記錯了也說不定。外婆也並不是很有興趣，是去世的外公有此嗜好，收集起來的。戰爭結束後，一個兩個地全賣了，現在幾乎沒剩幾個。」

「菸斗和金屬罐呢？」

「金屬罐聽說是埋在地道裡的。雖然不知道是誰埋的，但好像事出緊急，土堆的樣子幾乎一眼就能看出與其他部分不同。你沒有注意到嗎？另外，菸斗掉在勝福寺的地板下。那條地道的出口就開在寺廟大廳的地板下——空襲時只要掀開榻榻米就能躲進去。那時的和尚怕死，跟醫生商量後開鑿的，雖然是個大笑話，但現在廟裡的住持換了，只有一個耳背的老和尚住在裡面。他完全不知道地道的事。地道出口的蓋子被掀開，看起來是有人出去的痕跡，但菸斗落在離出口三四公尺遠，也沒有驗出指紋。」

「腳印呢？」

「好像沒看到。原本這一帶的地勢就比較高，而且地質含砂量多，排水性極佳。如果不是這樣的話，那個防空洞和地道也不會保存得那麼完整。」

「原來如此。但是，平坂從寺廟的地板下爬出來的時候，應該全身沾滿泥巴和蜘蛛網，髒兮兮的吧，難道沒有人看到他嗎？」

「就目前的狀況嘛——只有住在寺廟對面的前陸軍少將說，昨夜很晚的時候還聽到汽車聲，但我認為，它和這次的事件有沒有關係，還令人存疑。已經到計程車公司去清查了，汽車這個部分應該很快就會眞相大白了吧。」

「寺裡的住持沒有聽到汽車的聲音吧，如果他耳背的話——陸軍少將又是什麼樣的人？」

「他好像叫吉川吧。我沒有跟他打過交道，他是什麼樣的人，我也不清楚。」

「那位叫平坂的人，據說他不是經營古美術品或古董出口嗎？」

那時，我衝口說出這話，英一微微頷首說：

「是有這麼聽說。警方似乎也認爲，外婆與平坂約定交易那個茶壺，兩人在防空洞裡會合，而平坂殺了外婆，搶走茶壺逃走。」

「你外婆認識平坂先生嗎？」

「這一點，我完全無法想像。我父母也說，他們兩人應該不認識。」

「你認識他吧？」

哥哥突然面色嚴肅地看著英一的臉，他吃了一驚，但仍回答：

「你說我認識誰？」

「平坂先生，或是清子夫人？」

「兩人我都不認識啊。」

「那麼，你的意思是，我和妹妹第一次拜訪府上時，你在門口是第一次遇見他們囉？」

「門口？啊，的確有這回事。不，也不能算是第一次遇見，之前也見過他們。不過，那跟你們有什麼關係嗎？」

「跟我們一點關係都沒有。我只是問問而已。所以，你自己也同意警方的說法，認爲平坂先生是殺人犯嗎？」

「很遺憾，我沒有像你們那麼高明的推理能力。先告辭了。」

英一說完，轉身就走回屋裡去。這時，有道人影正往門的方向走去，手上拿著一張小紙條。

「是百合。」

我和哥哥蹲在門旁的丁香樹後，百合從我們眼前通過，走出大門。在轉角的牆邊，我們追上她，拍拍她的肩膀時，她嚇得跳了起來。可能是她沉浸在思緒中，沒注意到我們接近。

「妳還好嗎？」哥哥靜靜地出聲叫她。「先前那宗失竊事件，可不可以跟我們說明一下？」

出乎意料地，她沒拒絕，低著頭開始說話。

「那個戒指的事，我一點線索也沒有，也不知道是何時弄丟的。」

「什麼時候發現弄丟的呢？」

「星期六，從學校回來的時候。那只戒指連同盒子放在一個雕花木盒裡，收在書櫃的抽屜中，但不知道何時已經不翼而飛了。」

「抽屜的鑰匙呢？」

「沒上鎖。但是那個木盒做得非常複雜，不知怎麼開的人，如果不把整個盒子破壞，根本沒辦法把裡面的東西拿出來。但盒子還是好好的。」

「有哪些人知道打開那個盒子的方法？」

「除了我以外，沒有人知道。那是我過世的父親送給我的，所以我沒教過任何人開法。」

「戒指之外，還有別的東西不見嗎？」

「沒有，只有戒指。啊，這麼說來，有一個除毛霜的空罐子不見了。我雖然沒留意，但剛才刑警問我，有沒有見過這個罐子，害我嚇了一跳。」

「那是妳的罐子嗎？當然，妳也老實告訴刑警了吧？」

「沒有，我又不知道那罐子在哪裡，他們若是懷疑我知道卻忘記了，那多麻煩哪。」

「可是，如果眞的沒印象，就坦白說出來比較好，不是嗎？府上的人萬一想起來那罐子是妳的，說不定會說出來。到那時候，妳的立場反而更麻煩。」

「沒關係。我用除毛霜的事沒讓任何人知道，只有告訴被殺的祖母。空罐子也是藏在放內衣的抽屜最底層。」

「但是，事實上，有人把那空罐拿出來的吧？還是說現在妳的空罐還藏在內衣底下，他們拿的是另一個罐子？」

「不，那是我的罐子沒錯。我回房間找過，空罐眞的不見了。」

「對吧？既然有這麼奇怪的狀況，就該老實說。第一，像妳這麼年輕的少女，想要騙過經驗老到的刑警，根本是異想天開。說不定他們已經開始懷疑妳了。」

「那絕對是沒有問題的。」百合用充滿自信的堅定口氣說。「多年來，我一直訓練自己不將心裡所想的事表露於外。不論他們把什麼東西丟到我面前，我都有信心不會露出馬腳。」

「好驚人的自信。」

哥哥苦笑地低語。百合帶著輕蔑的口氣，冷冷地說：

「你一定覺得我是個怪女孩吧。但是，你如果跟那些從來不在乎你、不疼愛你，也不想了解你的冷酷家人一起長年生活的話，一定也會變成我這個樣子的。就算自己心裡的一個小角落，都不想讓人發現。」

「那是妳的偏見呀，百合。」哥哥溫柔地勸慰她，「妳姑丈和姑姑對妳的用心，連我這個局外人都看得出來。當然，他們沒法像親生父母那麼疼妳，但要求他們做到那種地步，未免強人所難。而且妳過世的祖母，不是一向都疼妳疼到心坎裡嗎？」

「只有祖母是眞的疼我。」百合的眼眶中驀地盈滿了淚水。「她卻遭到那樣的毒手。如果你是平坂，我現在一定撲上去咬斷你的喉嚨。」

「對了，百合，戒指丟失的事，妳沒有跟家人說嗎？」

哥哥沒有回應百合的話，又問道。百合點點頭。

「那是當然。我怎麼會對姑姑他們說——他們一定會罵我沒用。」

「那祖母呢？」

「我也沒對祖母說。我怕她擔心呀——對不起，我要走了。他們要我打電報給親戚們。」

百合看起來有些慌亂地向我們鞠了個躬，便向郵局的方向跑去。

「眞是個叫人頭痛的小姑娘。」哥哥再次苦笑。

「如果她眞如她自己所說的那樣，就表示我們現在聽到的話，百分之九十九都不能相信。」

我們回到屋裡，在藥局入口處與家永護士相遇。

「眞是太可怕了。仁木小姐。」她主動向我攀談。「老太太被殺的時間，據說是昨天下午兩點。我們卻什麼都不知道，就像平常那樣。」

「是的，剛好就在兩點前後。午飯的一個小時或一個半小時後。」

「欸？妳聽誰說的？」

「英一說的，他把解剖的結果和其他消息都告訴我們了。」

「那個人說的？」家永像是吃了一驚，眼鏡閃了一下光。「那個脾氣古怪的英一，居然會跟你們說那些事？如果是敬二，那倒是不用問，他都會主動說。」

「老太太去世了，敬二都不回來嗎？」

「誰知道。」家永有點不屑地嗤了一聲。但過了一會兒，她又壓低聲音說：「老實說，根本沒想通知他吧——說不定他看到新聞就會回來的。」

「爲什麼說不想通知他呢？」

「因爲不知道他住在哪裡呀。院長和太太爲了他，不知費了多少苦心，他看起來很聰明，數學和作文一向名列前茅，但是他愛冒險，性格又衝動，中學的時候開始認識了一些壞朋友，到處惹事生非，讓父母傷透腦筋。院長本想把他和英一都培養成醫生，不時責備或是鼓勵，但他一點都不想用功。後來他提出一個條件，如果能進醫大，就讓他住在朋友家裡。今年春天他好不容易考進大學，就搬到中野的朋友家去住了，不過聽說他又從那裡搬出來，現在不知去向。」

「學校怎麼辦呢？」

「怎麼辦？他好像從來沒去過學校呢。不過他倒是個開朗、親切的人。」

哥哥心不在焉地聽著，但好像突然想起什麼似的改變了話題。

「請問一下，家永小姐，我有一件事想不透。假設老太太和平坂先生約在防空洞見面，他們是怎麼聯絡的呢？平坂在昨天以前一直沒出過病房，老太太幾乎沒來過醫院，不是嗎？」

家永露出一副正合我意的表情，興致勃勃地說：

「寫信的呀，寫信。」

「信？」

「老太太一定是寫信給平坂，告訴他時間和地點。雖然他們之前是否在哪裡見過面、談妥這筆交易，還沒有查清楚就是了。」

「那封信找到了嗎？」

「沒有，但這是清子夫人想到的。結束這裡的調查後，刑警馬上就到平坂家，追根究柢地訊問。聽說昨天上午郵差送去一封信，平坂拆了信讀完之後，也沒讓夫人看，便收進衣袖裡去了。後來就急急把夫人遣走，要她快點回家去。」

「那封信是誰向郵差簽收的呢？」

「我跟妳說啊，仁木小姐，就是我。在警察又回頭來詢問這點以前，我壓根兒都忘了，但昨天上午的郵件，確實是我簽收的。郵件來得很多，雖然我記得不太清楚，可是經他們一提醒，我就想起來了。白色的長信封，信封上寫得一手好字——他們把老太太的筆跡拿給我看，問我一不一樣，但是我也沒法確定。」

「寄件人呢？」

「沒寫。我沒留意到，是清子夫人說的。」

「所以，那封信現在到處都找不著？」

「就是呀！我現在腦袋裡一團混亂呢。」

家永粗嘎的聲音拉高音調地說。

白天燠熱的空氣，直到太陽西沉後也沒有減弱之勢。八點左右，我和哥哥到附近的澡堂，歸途中繞到勝福寺的大門邊。它和箱崎醫院雖是共用一片木板牆的鄰居，但大門卻開在相反的方向。兩家都有寬敞的占地，從大門口正式拜訪的話，好像得走七十公尺左右。

就隱匿在東京郊外住宅區的寺廟來說，勝福寺算是中等大小，除去箱崎醫院木板牆的那側，周圍都以水蠟樹的籬笆環繞起來。不過那些樹籬笆似乎也沒整理，任其叢生。我們正考慮著要不要進去，才發現從任何角落都能進出寺廟的院子。從寺廟前面朝門口往右走一段路，是一條平緩的坡，寬敞的柏油路延伸到坡上。吉川前陸軍少將的家，就在坡頂往下約三分之一的地方。雖說是在寺廟對面，但其實隔了一段距離，不過，就寺廟大門來說，的確是最近的住家。

屋前有一塊小空地，一大株繡球花愣愣地伸展著枝椏。旁邊有兩名男子搬出長椅，就著街燈的光在下棋。其中一個看起來像是快退休的小公務員，頭頂近禿身材矮胖，另一個毫無疑問一定就是那個「將軍」，年過七十，但肩膀寬闊，上身挺直，粗壯的手腕令人想到年歲已高的櫟樹。銀白色的頭髮完全梳貼到後面，鼻下同樣有銀針般閃耀的鬍子，敏銳地指著南北兩極。長椅的一端放著一個陶製豬形蚊香，正升起裊裊白煙。

哥哥走到長椅邊站定，默默地看著棋盤。禿頭的那個眼睛朝上瞥了一下，又再次低頭下棋。

「啊，不行啦，這一步。」哥哥出聲說。「如果去對付車，這邊的馬就直接將軍了。到那時，想逃都逃不了。」

「眞討厭，已經無路可走了呀。」

較年輕的老人好像以爲剛才那句話是對手對他說的一般，朝著將軍的方向說道。然後，用若無其事的手勢動了一下棋。整個形勢的確完全偏向將軍，他已占有絕對的優勢，就算車和四個角都被拿下，在最後這個地步，連棋藝仍差哥哥甚遠的我，也看得出誰會贏。不過不看盤面，只要看將軍臉上愉快的微笑，就能充分察知了。

「怎麼樣，如果是你，有辦法挽回嗎？」

將軍把棋子往上一丟再接住，注視著哥哥的臉。哥哥只是靜靜地微笑。

將軍的對手似乎已經棄子投降，兩三步輸贏立現。

七月六日 星期一

「果然輸了。下次還請你手下留情。」

較年輕的老人一邊說一邊站起，簡單地道了一聲再見，便消失在坡下。

「會玩吧？來一盤？」

將軍拿出一個金光閃閃的盒子，伸到哥哥面前。哥哥從中拿起一根雪茄，淺笑著在長椅上坐下。我覺得有點煩，爲什麼男人從小學生到八十老人，個個都喜歡下棋？

但是勝負分出比想像中快得多。

「輸了。棋藝很強嘛，年輕人。」

將軍不太甘心地把棋子往棋盤一丟，笑了。

「你府上哪裡？沒在這附近看過你啊？」

哥哥把前天在箱崎醫院賃屋而居的原委，告訴了他。

「哦？就是那個發生凶殺案的家？」

將軍的眼神因爲好奇心而亮了起來，膝蓋往前移了一步。

「是的──聽說您昨天晚上有聽到汽車的聲音？」

「我嗎？這你可說對了。」

將軍的臉上露出比下棋大獲全勝時更多的得意之色。我暗暗同情起吉川家的人了。雖然我不知道他是個善良還是凶惡的人，但同樣的話一天得聽五十遍，就值得無條件的同情。將軍獲得一個免費聽衆，喜孜孜地拂弄磁石一般的鬍鬚，開始說起第五十一遍故事。

「昨天夜裡，不過也幾乎是今天清晨了，我突然醒過來，然後就睡不著了，於是開始思索在雜誌上看到的象棋解法。這時候，我聽到在坡道下方有汽車煞車的聲音，覺得很稀奇。大馬路的狀況是怎樣我不知道，但這坡下的馬路過了晚上九點，可以說完全沒車通過，而且坡道正下方根本沒有住家。所以，我當然張大了耳朵，因爲若是在坡道下停車，當然會認爲來者不是到我家，就是去勝福寺。我抬起頭等著會不會有腳步聲響起？會不會在家門口站住？可是沒有腳步聲，什麼聲音也沒有。於是我又開始想些別的事情。過了十五分，不，是二十分鐘吧，欸，那不正是腳步聲嗎？你可知道那腳步聲從哪裡來的，年輕人？」

哥哥搖搖頭。將軍得意洋洋地說：

「從坡道上面來的呀。聽起來應該是一個人，沉重的、像是蹣著腳走路的鞋音，從我家門前經過，走到坡下去。這個證詞很重要，警方說的。」

「應該吧。那汽車聲是什麼時候發出的呢？」

「大約差十分兩點的時候吧，凌晨時分，我記得從汽車停下到聽見腳步聲之間，時鐘敲了兩下。腳步聲到達坡下時，很清楚聽到汽車開走的聲音。」

「您府上的人，都沒聽到汽車和腳步聲嗎？」

「還說呢，一個個都在夢周公。全是些沒用的傢伙。那個人一定是殺死箱崎醫院老太太的凶手。你既然住在醫院，應該也有聽到警察的搜查進行得怎麼樣了吧？」

「我只是個房客而已。」

哥哥躲開將軍的追問，站了起來。

「哎，有什麼關係嘛，再來一盤？」

將軍覺得無趣，忙著一面阻止，一面開始排棋子。哥哥和我隨便找了個藉口溜了。

「我問你，哥，你也認爲平坂殺了老太太，搶了茶壺逃走嗎？」

往箱崎醫院的方向走去時，我輕聲問他。哥哥只沉默了三十秒，便反問我：

「悅子，妳怎麼想？」

「我還是覺得那是最自然的想法。我們星期六晚上不是在玄關遇到老太太嗎？那時候，老太太的和服袖子裡好像藏著什麼，她一定是出去寄信給平坂先生吧，因爲信是星期口上午到的。時間上是吻合的，對吧？」

「信的這一點，我也同意妳的看法，另外，平坂殺了老夫人逃走，看起來也有這麼回事。只是，光是那樣無法說明幾個疑點。第一，老夫人爲什麼必須瞞著所有人，把茶壺賣掉呢？把她鎖在雜物間的到底是誰？這麼做有什麼目的？難道是某人知道平坂打算殺了老夫人，所以爲了保護她才上鎖的嗎？」

「如果是這樣，那我就成了害人精了。因爲把老太太從雜物間裡放出來的，就是我呀。就算是如此，平坂又是怎麼知道那條地道的事？在這裡住了多年的人都沒發現的事，平坂才住院一個星期卻都知道了？」

「那當然是有人跟他說的啦。桑田老太太可能因爲某個機緣發現了地道的存在，也可能挖鑿地道的清川或是勝福寺的前住持認識平坂。我自己覺得還有某個周圍的人，知道地道的祕密。」

「周圍？你說這話有什麼根據？」

「悅子，妳忘記啦？百合那只戒指的事。偷拿那只戒指的，應該不是平坂，因爲在星期日中午以前，他除了去廁所之外，一直沒離開過二號房，更不可能有機會去別院。另外，我也無法想像桑田老夫人會去偷自己孫女的戒指。但是，偷走戒指的人，一定非常熟悉這個家的一切，他既知道地道的存在，也熟知百合祕密寶盒的開法。所以，告訴平坂地道訊息的，不是別地方的什麼和尚，而是這個家裡的某個人呀，悅子。」

七月七日　星期二

有人搖晃著我的肩膀。

「別吵啦。」

我很想這麼說，但不知道是否真的說出來了。我的靈魂還在舒爽的奶油色大海中浮沉沉。

「快醒醒啊，悅子。」

又在搖了。這次我知道是哥哥。睜開眼睛，哥哥頭髮東豎西翹的大臉映在眼前。

「快起來啦。看看這個。」

我無意識地抓起哥哥遞來的東西，連續打了兩三個呵欠，然後才低頭看手上的東西。那是一本雜誌——我兩個星期前一時興起買來，讀沒幾頁就擱在一邊的廉價偵探雜誌《指紋》七月號。

「這雜誌怎麼了？」

「妳打開七十六頁看看。」

我依言翻開該頁，一張圖片躍入我的眼簾。那是偵探小說經常附帶的家屋平面圖。腦中大略意識到隔間時，我「啊」地叫了一聲。

「這不是箱崎醫院的圖嗎？不過左右相反了。」

眞的一點也不假。我快速瀏覽那篇還沒看過的小說，那是有獎徵文的第二名入選作，笠井亮寫的〈X光室的恐怖〉。老掉牙的題材，推理類的短篇。某開業醫生的X光室裡，一名妙齡女病人離奇死亡的故事，一看就猜得出結果，一點都不好看。但是既然能得到第二名，寫法還算高明。凶手是護士長，一個幹練的女人。我感覺他描寫的眼鏡護士長，好像家永護士。若要說像的話，這張家屋的平面圖，從廁所到大門的位置，都和箱崎醫院如出一轍。若要說有什麼不同的話，只有不知是故意還是筆誤，把左右弄反了，使得四棵銀杏樹移到東側，而別院變成在醫院西側了。但是銀杏樹旁並沒有畫上防空洞。

「有意思吧？」哥哥愉快地微笑說道。

「我從來到這個家開始，就覺得這隔間位置很眼熟，想了很久，剛才睡到一半便驀地想起來了。吃完早飯，我們去走一趟吧。去『指紋社』問問，應該會知道地址的。」

馬上就找到廣田文具店了。搭國鐵在巢鴨站下車，步行約五分鐘。那是一家小小的平房，其中一個房間則整理成偵探作家笠井亮的住所。

「如果他在上班，現在去也見不著，若是那樣，我們再找時間去拜訪。」

但是，幸運的是笠井在家。只是因爲正在工作，必須等二十分鐘。

「只見五分鐘也行。我們對笠井先生在《指紋》七月號的作品十分感興趣，所以希望能見上一面，盡可能就近請教。」

哥哥嘴上把〈X光室的恐怖〉的作者哄得很開心，文具店的胖老闆娘才走進去，幾乎是同時，就有一名男子從裡面出來。他有張結實紅潤的臉與厚厚的嘴唇。看起來明顯像燙過的鬈曲黑髮垂在腦門上，藍色眼鏡遮住三分之一張臉，所以看不出他的年齡。覺得像二十五、六，但似乎顯得更老，有時又顯得更年輕些。

「我們是慕名而來……」哥哥故作熟稔地說，同時揮揮手上捲成圓形的雜誌。「老實說，我們牽涉到某個事件中，所以想聽聽您的意見。」

我饒富興味地觀察他的表情。這是因爲箱崎醫院的殺人事件，不論是昨天的晚報或是今晨的早報，都有大篇幅的報導，如果他認識箱崎醫院——應該說是認識那棟建築，而有意識地將它寫進作品中的話，現在聽到哥哥的話，一定會進行某種程度的推測。可是，對方卻一副茫然不知的樣子。

「哦？這樣……好吧，先進來再說。」

然後請我們到店旁的三坪大和室，那裡實在是個亂得不像話的房間。我們依著他的指示，把那裡的書和稿紙推向旁邊，挪出一個剛好足夠坐下的小空間。

「您知道世田谷的箱崎醫院？」

自我介紹結束之後，哥哥很快切入主題。對方露出意外的眼神。

「箱崎醫院？我知道呀。我從昭和二十六年到二十九年[1]，住在那附近的公寓，曾經去給箱崎醫師看過病，所以很熟。我懂了！你們是看了那個圖才來的吧？那個圖是以箱崎醫院為藍本畫的。小說中需要一個醫師的家，但除了那裡，我並不認識什麼開業醫生，倒是你們，也是住醫院附近的人嗎？」

「我們借住在二樓，您看，就是這裡。」哥哥翻開雜誌，用手指按著相當於七號房的位置。「昨晚的報紙，您看了嗎？」

「沒有。」

「那今晨的呢？」

「也還沒看。事實上我有份稿子，非得在今天中午以前郵寄出去。所以從昨天早上就一直沒看報紙。發生什麼事了嗎？」

「是的，發生了不少事情。如果按順序說起，應該是前天下午，一位住院病人行蹤不明。是一位姓平坂的人。」

「平坂？是平坂勝也嗎？」

「您認識他？」

「我只知道名字。怎麼，有人發現他的屍體嗎？」

「屍體？我什麼都還沒說呢。為什麼您會說是屍體呢？」

哥哥直指核心地問。笠井露出狼狽的神情，沒有回答哥哥的問題，而是把折在屋角的報紙拉近來，首先翻開晚報的部分。藍眼鏡中的兩隻眼睛盯住社會版的標題時，臉頰上的紅潤消失了。

「老太太被殺了呀。」他終於把報紙放下，怪異的冰冷語氣似要壓抑心中的激動。

「我記得她。愛說話、總是忙來忙去的老太太。已經對平坂發布了全國通緝，沒有任何消息嗎？」

「好像是還沒有。您爲什麼會預知平坂被殺呢？」

笠井深深嘆了一口氣，搖搖頭。

「我沒法回答你。我是個寫偵探小說的人，腦袋總是會往那邊轉。而且——」

「而且？」

「他這個人樹敵很多。那個區域說他壞話的人很多呢。現在是什麼情形我就不知道了。因爲我的公寓電線走火燒掉了，之後輾轉在東京各地住過，世田谷已經好久沒去了。」

「具體來說，什麼人因爲什麼理由而對平坂抱著敵意呢？」

「這一點我也說不上來。住在那裡的時候，我只是一個年輕小伙子，倒是你們倆目睹了有趣的場面吧。那條地道是怎麼回事？」

「防空洞裡有條地道，雖然報紙上說得很模糊。對了，您畫的平面圖上沒有防空洞，也沒有地道，爲什麼不畫呢？」

「我哪有可能知道那些東西？又不是我自己的家。」

1 西元一九五一到一九五四年。

他不太耐煩地說。

「不過，您不是把銀杏樹都畫得很清楚嗎？防空洞就在銀杏樹根附近呀。」

「那排遮蔽西曬的銀杏樹，從三百公尺外就看得到。因爲我住在那裡的時候，那樹就已經長得比兩層樓的屋頂還高了。然而，不管是防空洞還是地道，我還不至於無禮到進入別人家裡察探的地步。」他一個人使勁兒地發著脾氣，過了一會兒，才用較柔和的語氣說：「對了，地道裡除了老太太的屍體之外，還發現了什麼線索嗎？」

「有一些她的遺物，像是紫綢包袱巾和木屐，此外還有跟這些完全沒關係的，一個空的除毛霜金屬罐。」

「什麼？那種東西怎麼會埋在土裡？裡面放了什麼嗎？」

「金屬罐嗎？沒有，是空的。」

哥哥還把貓走失的始末，以及警察搜查、訊問的情形，一一說給他聽。笠井探身向前，很專心地聽著。

「眞有意思，太有趣了。我雖然寫偵探小說，但還沒有機會實際跟案件扯上關係。如果有新發展的話，可否至少寫封信告訴我？還有，我在小說中借用箱崎醫院擺設的事，請不要對那一家人說。我的名字應該沒有人記得吧，不過，我跟他們也沒什麼關係，若是讓他們不高興可就不好了。」

哥哥爽快地答應後，我們便起身告辭。

我和哥哥來到醫院門前的時候，有個年輕女子在貌似家屬的扶持之下，從門裡蹣跚地走出來。

「是那個車禍住進二號房的人耶。」哥哥悄悄地說，我點點頭。

「那是大野小姐，她要出院了呢。」

「悅子，快來，我們去二號房看看。」

哥哥急急說完，便飛快地往屋裡跑。三十秒之後，我們推開二樓二號房的門。房裡空空如也，但是剛才還有人住過的氣息，形成一股溫暖的味道飄蕩在其中。床上擱著的毛毯，和白色椅套上靠著的坐墊，都像被人遺棄似地顯得寂寥。

「幫我看看有沒有人過來。如果有腳步聲，就躲到那邊的窗簾後面。」

哥哥開始在房內四個角落來回搜尋，但他的臉逐漸露出失望之色。

「在警察翻過的房間察探，根本不可能找到任何東西嘛。」

哥哥站上小几，手探入風景畫的背後時說道。

「哥！」就在這時，我小聲地呼叫。「哥，這裡有東西。在坐墊裡。」

我拆下套子上的金屬釦，伸手到折成兩折的靠墊中，抓出一個白色紙袋——上面寫著「內服藥」的藥粉袋。

「是平坂的。」哥哥看看紙袋上面寫的姓名。

「拿走囉。」

就在我把袋子放進口袋的當口，門把發出嘎吱的聲音。我睜大眼睛抬頭看著哥哥，哥哥緊閉嘴唇，凝視著房門。

本以爲「就要開了」的門，最後還是沒開。門外的人似乎從鑰匙孔窺看房裡，但不論怎麼看，都沒有看見的道理。因爲我們剛進房間時，哥哥就把他頭頂戴的登山帽脫下來掛在門把上，而鑰匙孔正好在帽子底下。經過緊張的幾分鐘，外面傳來踮著腳離開走廊的聲音。我和哥哥彷彿說好似的，像鯨魚噴氣般從胸口大大吐出一口氣。我們趕緊抓起帽子溜出門外。

「是女人。」

哥哥自語道。走廊悶熱的空氣中微微殘留著一股化妝品的香味。

「爲什麼刑警們沒發現那個靠墊呢？」

回到七號房時，哥哥歪著頭說。藥袋裡有兩包白色的藥粉。

「可能以爲是大野小姐的藥吧。」我回答。

「警察們把整個床墊翻過來的時候，可能大野小姐正靠在椅子的靠墊上觀看。然後，當警察要搜查椅子的時候，她又移到床上，用椅墊撐著手躺著吧。那個坐墊的套子雖然縫有箱崎的字樣，也就是說它不是病人個人的物品，而是借來的，但誰也不會注意這件事。大野小姐肯定是在不知情的狀況下，抱著放有藥袋的墊子兩天兩夜。」

「解釋得很明快呢。天氣要變囉。」

哥哥仰頭看著窗外的晴空。

「那就請妳繼續以這個步調，說明爲何將藥袋放進靠墊裡的來龍去脈吧。」

「我不行啦。一點頭緒都沒有，到底是誰故意惡作劇呢？」

「我拿一包去牧村那裡，請他幫忙做個分析吧。雖然可能徒勞無功，但如果得出什麼奇怪的結果，那就算我們賺到了。不過，在此之前，我們先去找找野田小姐吧。」

野田聽到哥哥的問題，天眞地睜著眼睛，轉了轉脖子。

「平坂先生的藥？呃……星期日下午我去量體溫的時候，確實還有兩次的份量。我在房裡看不到平坂先生，以爲他到哪裡去了，等他的時候，爲了打發時間，便檢查了一下藥。發現他的藥水瓶雖然空了，但藥粉包還剩兩包。其實從四天前開始就一直是那樣了。那個人說自己身體健康，根本不把吃藥這事放在心上，也沒有按時服藥。」

「所以從之前就多兩包了。大家都知道平坂先生已經不吃藥了嗎？」

「妳說的大家是指我們？是啊，我們三個護士都知道，醫生也知道。還有太太。」

「太太？敏枝夫人嗎？」

「不是，是平坂的太太。我家太太怎麼可能知道這種事嘛。不過，你爲什麼要問這件事？」

「我剛才在二樓洗手台，把一包放在架子上的藥包弄散了。因爲袋子破了，不知道是誰的，有點傷腦筋。所以，是平坂先生的囉？」

「是啊，一定是的。那個人的藥已經用不著了，你不用在意。平坂才剛出院，大野小姐馬上就住進來，應該是匆忙整理房間的時候，人見護士還是誰放在架子上的。」

「說到大野小姐，她剛才出院了。」我插口道。

「是的。還有宮內先生、小山田先生和工藤小姐，今天都出院了。宮內先生本該昨天出院的，但因爲發生了事情，所以延後一天，遇到那麼不幸的事，身體大致無恙的人都會趕快收拾東西回家。」

野田護士急匆匆地離去，大概是要去幫忙把出院者的行李搬出去吧。我朝哥哥的側面偷看了一眼。哥哥凝視著自己的手心，認眞的眼神宛如可以從手心的紋路中找出一條有意義的線索。

「欸，是仁木君。」兼彥院長送走病人後，走進大門呼喊。「眞是抱歉，你們才剛住進來，就發生這麼多不愉快的事，令妹晚上會不會害怕？」

「這丫頭您就別擔心了。我都懷疑她到底還有沒有神經呢——倒是夫人，心情一定很難過吧？」

「她今天早上已經能下床了。雖然昨天一整天都茫然若失，不過讓她靜個一天，反而比較來勁兒了。逝者已矣，只希望早一點找到線索就好了。不過搜查那邊似乎不如想像的順利。」

「平坂的去向好像還無法掌握呢。那位建造地道的人呢？他住在哪？」

「你是說清川先生嗎？已經查到了。我們買這房子的時候，有一位居中介紹的朋友，他現在和清川還有聯絡。不過，聽清川說，他也沒聽過平坂的名字，而勝福寺的前住持，更是否認與平坂有任何關係。看來那一方面是斷了線了。」兼彥院長重重嘆了一口氣，注視著哥哥的臉。「仁木君，你也認爲是平坂幹的嗎？我是說——我岳母遇上的那種慘事。」

「我是這麼認爲。院長您以爲呢？」

「我呀，大致上來說，我相信是平坂犯下的案子。不過，這案子還有很多疑點，不光確定是他就可以說得通的。比如說，我岳母被關在雜物間這件事，我總覺得這不像是凶手做的事。」

「我也對這一點感到不解。對了，關於星期一凌晨停在坡下的汽車，還有後續的新聞進來嗎？」

「沒有，他們連計程車公司都去調查過了，但似乎沒有別的線索。不過，我聽說大洋駕駛俱樂部租了一輛車出去。」

「您說的大洋駕駛俱樂部，是車站前的租車行嗎？」哥哥熱切地回問。「那裡的車子是什麼時候租出去的？」

「星期日晚上，大約八點的時候，有個瘦小的男子出現在俱樂部，簽下出租一日夜的合約，開走一台草綠色的TOYOPET。那個男人按照規定付了保證金，自己開走的。但是駕駛技術好像不太熟練。不過，那輛車還沒跟我家的事件找到什麼關連，就已向警方報案遺失了。」

「遺失？是被開到哪裡丟棄了嗎？」

「你說的沒錯。它被丟在距離租車行不到五百公尺的樹林裡。星期一一大早，附近百姓發現後報警處理，才發現是大洋駕駛俱樂部的車子。雖然馬上就送還失主，但汽油好像用了不少。近來租車行的生意直線上升，這種開走丟棄的事件時有所聞，所以未必與這次的事件有關。跟我說明的刑警是這麼說的。」

「平坂他會開車嗎？」

哥哥對這個訊息深感興趣的樣子，接著問道。兼彥院長點點頭。

「那個人好像駕駛技術相當好，而且預備在近日內買一輛家用車。」

「醫生，您會開車嗎？」

「我嗎？馬馬虎虎可以上路啦。老實說，我們家本也想買一輛二手的小型車，所以和英一兩個人一起到駕訓班學，也考到駕照了。有了車子，可以出診，還可以接送病人，很有效率。但是內人不太同意，她認爲與其買輛車，應該先修建醫院專用的廚房。我經她提醒，心想也有道理，所以就把買車的事暫緩下來了。說到車子，剛才出院的宮內，就是昨天跟你一起鑽進地道那位，很健談的先生，他就是汽車公司的技師，不論駕駛還是修理都很拿手。仁木君，你也會開車吧？」

「我也是馬馬虎虎級的。」哥哥咯咯地笑了起來。「那麼，院長您有向大洋駕駛俱樂部租過車嗎？」

「我租過一次。不過去租的不是我，而是英一。我們載內人和幸子到逗子去兜風。好像是今年春天的事吧。去的時候是我開，回來換英一開。眞不愧是年輕人，他開得比我順當多了。」

「敬二先生沒有一起去嗎？」

哥哥不著痕跡地問，但兼彥先生明顯有些狼狽，他好像不太舒服地咳了幾聲。
「敬二他——不，這麼說來，敬二也一起去了。那時候他還沒搬到朋友家去住。」
「敬二先生的朋友，是開文具店的嗎？」
「你說什麼？」兼彥院長把跟英一神似的細眼睁得大大的，目不轉睛地看著哥哥的臉。
「你這話是什麼意思？敬二寄宿的地方是某位銀行分行經理的家呀。」
「可是，我見到敬二先生的時候，他住在巢鴨一間文具店的房間裡。」
哥哥露出企圖惡作劇的眼神說，我也跟著「啊」地叫出聲來。他怎麼能斷定那個鬈髮覆額、戴著藍墨鏡的新手偵探作家，就是箱崎家的次子敬二呢？但是，兼彥院長的震驚比我更大了數倍。
「你見到那孩子了？仁木君，是誰告訴你他住在那裡的？」
「只是偶然間知道的。」哥哥解釋。「我也沒想到會見到他，但是我一看到他就確定他是敬二先生。敬二跟他媽媽宛如一個模子刻出來似的。雖然他裝扮成偵探迷，而且連名字都改了。」
「那傢伙現在住在哪裡？生活過得怎麼樣？」
兼彥院長氣急敗壞，催促地問道。
「就像我剛才說的，他住在巢鴨的廣田文具店。好像在寫偵探小說吧，看起來神采奕奕。做父母的會擔心他是免不了的，不過我看敬二這麼生活，最適合他的脾性，很是舒適寫意——敬二他會開車嗎？」

「開車？」兼彥院長疲倦地嘆了一口氣。「我和我內人都對他的開車技術徹底投降。他借別人的駕照，去租車行那裡租了車子到處亂跑。而且他大概天生就很靈巧，技術看起來相當不錯，不過我們始終懷著忐忑不安的心情，擔心他萬一出了意外。當個父親說這種話實在丟臉，不過，我期望他跟英一一樣成爲醫生，是我的失敗。若是讓他念某間私立大學的文科，輕鬆自在地過日子就好了。父母處心積慮爲他設想，但說得越多他就走得越遠。不過，他要怎麼過日子呢？雖然他打算自由自在地享樂，但這樣下去，不久便要沒錢生活了。到那時候若能回到我們身邊，倒還不打緊，就怕他搞出什麼大麻煩來。我內人一直很擔心呢。但是，就算如此，我們強行去帶他回來，也只會令他更加反抗罷了……」

兼彥院長幽幽地說著，那聲音裡無一絲虛矯地蘊含著身爲父親的憂慮。

「我可以將他的住處寫下來，如果您打算去見他的話。」哥哥安慰地說。

「多謝，就請你寫下來吧。不過目前還是先別張揚，帶他回來只會把家裡搞得亂哄哄。仁木君，這樣麻煩你實在不好意思，如果你有空的話，明後天可否再去敬二那裡一趟？我會和內人商量之後，準備一點謝禮。請幫我傳個話給他，就說老人家的喪禮會在星期五舉行。那傢伙明明看過報紙，卻也不趕回來，從這一點來看，我想他連喪禮都不打算回來參加了。不過，光只是得知他的下落，或許可以讓內人感到寬慰才是。眞的非常感謝你。」

「別說什麼謝禮了。如果您不嫌棄，我明早會盡快去一趟的。」

就在哥哥回答的時候，後面傳來輕聲走近的腳步聲。我們一同回頭，一個看起來柔順的中年婦人，帶著有些猶豫的表情靠近來。她是運動時骨折而住進五號房的大學生桐野的母親。

「有什麼狀況嗎，桐野太太？」

兼彥院長馬上擺出工作的態度詢問，桐野太太有些不知所措，遲疑不前地望著我哥哥。

「請問一下，先生，您是一位偵探嗎？」

「妳問我？」哥哥大吃一驚，雙頰立刻脹得通紅。「我哪是什麼偵探？我只是個學生，只是喜歡到處走走看看罷了。」

「是這樣啊？」

桐野太太迷惑的神情更加深了。

「那眞是抱歉了。我看到這位先生想出地道的事，還發現了屍體，所以我以爲他是位很有經驗的偵探呢。若是那樣的話，我該不該告訴他一些話呢？不過也許不是什麼大事。」

「什麼話呢？」這話明顯打動了兼彥院長的好奇心，便主動問道。「方便的話，請到診療室來說？」

我們原本是站在診療室門口說話，聽到此話，我們便和桐野太太跟著兼彥院長走進診療室。

「五號晚上深夜——大概是十二點的時候。」桐野太太有些緊張地環視了周圍才開口。「因爲天氣太悶熱，我睡不著覺，所以下樓到候診室，想借幾本雜誌來看看。候診室到了夜裡不是會點一盞小燈嗎？我走到窗邊的小桌前，正想找看哪本雜誌好的時候，聽到手術室裡傳出什麼聲音。」

「手術室？半夜十二點的時候？」

兼彥院長瞪大眼睛，哥哥也向前一步。

「是什麼樣的聲音？」

「是女人的聲音。好像在跟誰說話。她說：『這邊的一支，不動它可以嗎？』聲音我聽得很清楚，但沒聽到對方怎麼說。我突然覺得心裡毛毛的，所以雜誌也沒拿就跑回二樓去了。」

「妳說是女人的聲音，這裡也有好幾個女人，妳聽得出是誰的聲音嗎？」哥哥問。

桐野太太遲疑了相當長的時間之後，才說：

「可能是我聽錯了。雖然我不能說非常有把握，但我覺得像是家永小姐的聲音。」

「家永的聲音？家永在手術室裡做什麼？」

兼彥院長喃喃自語著。

「手術室到晚上會上鎖吧？」哥哥回頭看著院長問道。

「會的。手術室的鑰匙有兩把，一把在我這裡，一把在家永手上。平常都是用家永的那把。」

「所以，家永護士會上鎖囉？」

「是的，家永是我們這裡最資深的護士，醫院裡開關門，或是冬天關於火燭的工作，都是由她負責。」

「院長，您五日有進手術室嗎？」

「讓我想一下。五日那天是星期日——也就是媽媽失蹤的日子。那一天，上午我確實進去過一次。工藤的女兒小弓，她背上的膿必須擠出來，所以我幫她開了一刀取出。後來就是晚上受傷的大野被送進來的時候，除此之外，我記得並沒有進出手術室。」

「請問一下，我啊，因爲太害怕了所以沒對任何人說，您看是不是應該報警比較好呢？」

桐野太太誠惶誠恐地說。兼彥院長回答：

「那是當然的。這件事與事件有沒有直接關係，還是該由警察來判斷。」

「可是，如果對警察說的話，他們一定又會問長問短的，很麻煩吧？」

似乎是寧可縮起脖子，也不想蹚這渾水的口氣。兼彥院長思忖了一下，又說：

「有了。把家永找來問問看吧？這樣也比較快。」

「這樣不太好吧，醫生？」桐野太太囁囁嚅嚅地說。「我雖然有聽到這句話，但不管是眞是假，你這一問，我會被家永小姐埋怨的。這樣我很難做人呀。」

「而且，現在才問也無濟於事。」哥哥也說。「如果家永護士矢口否認有這回事，那事情就不了了之了。倒不如問問其他人——比方說，如果家永半夜眞的走出護士室進到手術室的話，睡在一起的人見或野田護士或許有注意到。旁敲側擊豈不是比較好？」

「我來問問看。我去問的話，她們比較沒有戒心。」我說。哥哥好像想到什麼，倏地站起來走到窗邊看向外面。

「除此之外，沒有聽到什麼聲音嗎？」兼彥院長又問桐野太太。

「好像有聽到，但現在想不起來了。我再好好地想一下。」

桐野太太行了個禮走出診療室，不料哥哥突然迸出一句：

「貓死了。」

我趕緊衝到窗邊去。

「是奇米嗎？」

「不是，是一隻黃貓。」

「可能是野貓在睡覺吧？這附近野貓很多呢。」

兼彥院長說，但哥哥搖搖頭。

「我去瞧瞧。」說著便走出室外，我也跟在後頭。

後院果樹園的梨樹下，有一隻與奇米差不多大的黃色小貓，四腳朝天地橫躺著。見我們走近，那貓卻也不睜開眼睛，伸直的四肢和尾巴不停地顫動。

「牠不是死了，而是昏過去了。」我說。

哥哥回答：「眞奇怪，很少聽過貓會昏倒的。」

他一邊說，一邊伸手去拎起那貓兒。小貓微微張開眼睛，正以爲牠是不是全身痙攣的時候，牠卻慵懶地站起身來，然後搖搖晃晃地穿過果樹根，從木牆下的空隙鑽了出去。哥哥和我覺得莫名其妙，忍不住大笑起來。然而，心底的某個角落還是鬆了一口氣。在一連串詭異的事件之後，若是連野貓都死了，眞會令人心頭發寒。

「好吧，我去牧村那裡一趟，順便到大洋駕駛俱樂部去問點事。悅子，其他事就拜託妳了。」

兩個小時後哥哥回來，我們兩人的交談內容如下：

「問得如何？那家租車行。」

「大概就如同兼彥院長所說。星期日晚上，大約八點十五分，有個瘦小、模樣很年輕的男子走進俱樂部，租了一輛TOYOPET。那個男子戴著一頂米色的帽子，帽簷壓得很低，而且還站在光照不到的角落，所以長相看不太清楚。不過，他戴了一付黑框眼鏡，聲音特別沙啞。租了車之後，雖然他自己開走，但好像駕駛技術很不靈光，差點撞到郵局的轉角，店裡的人幾乎都想追出去呢。車子就像剛才聽到的，被發現停在距離俱樂部不到五百公尺的樹林裡。從耗油量來看，他至少行駛了八到十公里。對了，悅子，妳問的情況又是如何？」

「一點進展也沒有。人見和野田都說，她們星期日晚上睡得很沉，什麼都沒聽見。尤其是野田，她那天晚上還嚇得魂不附體呢。你覺得家永在手術室裡，到底是在跟誰說話呢？」

「現在這當兒還說不準是誰，只能確定那個人絕不是人見、野田兩位護士和女傭香代。因爲家永護士對這些人，不會用『什麼什麼可以嗎？』這樣客氣的口吻說話。她用這種口氣說話的對象，只有兼彥院長一家人、病人和他們的家屬，以及我們完全不知道的某人。」

「你覺得平坂有可能在下午兩點到晚上兩點間，躲在手術室裡嗎？」

「不可能。晚上九點左右，還有大野小姐被抬進來呀。那時候兼彥院長和三位護士都進進出出了好幾次。如果以大野小姐也意識清楚來算，那一共有五個人，不可能五個人都與平坂一起串通好吧？」

儘管如此，哥哥又開始投入手相的研究。哥哥從以前就有個毛病，他專注地注視手心紋路時，就像寫數學習題思考困難的聯立方程式時，看到公布答案的解題參考書一樣。我想問的問題堆積如山，但也只好放棄，靜靜地坐在一旁。

藥品的分析結果，據說明天中午前就會出爐。

七月八日 星期三

儘管如此，天空還是陰沉沉的，宛如梅雨又回頭似的。雨雖然沒下，但空氣潮濕，霧氣氤氳，習慣連日暑熱的身體，竟感覺到微寒的涼意。

我一個人坐在房間裡看報紙。雖然通緝公告在全國發布，警方持續進行嚴密的搜查，但平坂卻依然行蹤成謎，他在箱崎醫院的地道中，留下老夫人的屍體和紫綢包袱巾，然後消失到什麼地方去了呢？雖然哥哥說，我們身邊的人中有人早已知道地道的存在，但那會是誰呢？出現在租車行的瘦小男子，跟這次的事件到底有沒有關係呢？這個家裡沒有一個瘦小的男人。平坂是個肩膀寬厚的魁梧男人；兼彥院長與英一，還有我哥哥雄太郎，都是瘦長的高個子；宮內技師雖然個子不高，但體格卻很結實。與查緝人物體格可能相符的桐野，則是斷了腿躺在五號房裡。

不明白的地方還有很多很多。是誰把平坂的藥塞在二號房的靠墊中？我們在二號房的時候，站在門外的女子又是誰？接下來該檢視院內的女性了。如果包括昨天還在醫院的女人，除去幸子和十三歲的工藤眞弓小妹妹，還有那時候剛好出院的大野小姐之外，正好有十個人。敏枝夫人、百合、女傭香代、三名護士、我、還有住院病人的家屬——桐野、工藤和小山田三位太太。其中三名護士和香代平常都不使用化妝品，所以在比對門外之人時，可以先排除掉。原本我們懷疑家永護士，但走廊上飄蕩的香水味，絕不是我們的錯覺。

說起化妝品，究竟是誰把百合的除毛霜空罐藏在地道的土裡呢？地道——防空洞——屍體。我不由得站起身來，心裡想著：再去防空洞瞧瞧吧。理由無他，一向行動快過思考的我，對於呆坐在這裡進行動腦解謎的工作，已經快要煩透了。而且去朋友處聽藥物分析結果的哥哥，也還沒有回來。

我走到屋外，逕直朝防空洞走去。防空洞已經過徹底的搜查，雖然沒有特意封鎖起來，但現在已經沒有好事者跑來參觀慘劇的現場，所以水泥地上還沾著檢查指紋用的白粉。我避開沾了白粉的部分，小心翼翼地進到洞裡去。沒有任何新的發現，地道的蓋子還是緊緊封閉著。

頭頂上傳來飛機經過的爆裂音，看來飛得相當低，即使在防空洞裡，耳朵的鼓膜也震得嗡嗡響。如果這是在戰時，我該會害怕得蹲伏在這裡吧？

飛機飛遠時，我隨意地四下環顧了一會兒，但下個瞬間便感到身上的肌肉緊繃起來，心臟跳了一尺高，衝到了喉頭。因爲地道的蓋子不正顫動著往上掀開嗎？若不是可惡的飛機剛好飛過，我一定會聽到聲音的。我的腦海中掠過老夫人慘死的面孔。

掀板發出喀達喀達的聲音，板子底下出現一隻男人的大手，正要攀住地道的邊緣。我的背脊宛如倒進一堆碎冰。於是我像顆球般朝防空洞口跑去。就在這時，地面發出轟然巨響，我隨即倒在地上，小腿骨撞到石階。我忘了自己是否有發出聲音，驚覺之時，一隻大手抓住了我的肩。

「殺人犯！」我大聲尖叫。

「怎麼啦，妳？」耳畔響起熟悉的聲音，我不知自己到底身在何處。「發生什麼事啦，悅子？」

好不容易回過神來。只有一個人會叫我悅子，我的脖子周圍已被冷汗濡濕。

「討厭！討厭！討厭！」我抓著哥哥的手腕不住搖晃。「嚇死人了啦！你怎麼會從那個洞裡出來嘛！」

「我才嚇到了呢。」哥哥苦笑著說。「你叫殺人犯，不會是指我吧？」

「那還用說！幹嘛沒事從地道爬出來嘛！」

我憤憤然地說著，一面掀起裙子。撞到石階的地方已經瘀青了一塊。

「我也沒辦法呀。我從後面的巷子回來，但走到勝福寺的坡道時，就看到吉川老將軍從坡下拄著拐杖往上走來。那個老大爺一看到我，就想找我去陪他下棋。如果我被他逮到，至少三個小時脫不了身。突然靈機一動，就跑到寺裡從捷徑進來了。」

我一點都笑不出來。哪有這麼無聊的蠢事！在小腿下的瘀青恢復之前，不管是雄太郎大哥、下棋的將軍還是挖地道的清川，我一概都不想原諒！

「不過啊，悅子，我有個大新聞，那個藥包裡……」

「我不聽！」我翹起下巴說。「什麼偵探遊戲，我不玩了！到此爲止。」

「哎呀，別這樣嘛。」哥哥嘆息道。「說不過妳了。我先去敬二先生那裡。剛才眞對不起了。」

我把頭轉向別處沒有回答。

在那兒磨蹭了五分鐘後回到七號房，哥哥已經不在房裡了。沾了泥巴的開襟襯衫和褲子就直接脫在椅子上。應該是去敏枝夫人那裡拿她託送的東西了吧。

我拿出跌打藥的小瓶子，塗在烏青上。除了膝蓋下面，左手也擦了點，辣辣地隱隱刺痛。蓋上瓶子的時候，我的目光停在書架下方、哥哥放在那裡的工具箱。哥哥一向喜歡手工作業，所以收集了很多木工用的工具。鉋子、鋸子、鐵鎚等工具之間，有個硬紙盒放了一把五寸的釘子。我的腦中突然閃過一個想法，爲什麼會想到這一點，直到現在我也不明白。總之，那時我的心情壞透了，心浮氣躁到了極點，腳上的傷更是不斷抽痛——我想到了，我一定是想向那個可惡的地道復仇。從紙盒裡抓出兩根五寸釘，往外走去。

工作花不到五分鐘就完成了。

我走出防空洞之後，直接往車站的方向走去。有句話說矮個子跑不快，但這不過是個傳言罷了。我長得不過四尺八寸高，但從小學到高中，我都是個短距離賽跑的選手。當我跑到車站的時候，電車剛好進站。頎長的哥哥站在月台邊，看到我的時候露齒笑了笑，並且向我舉起手。他的手上拿著兩張淡紅色的車票，絕對是兩張沒錯。哥哥果然最了解我——我在心裡讚美著，決定把地道裡的事忘到腦後啦。

雖然不是假日，但電車仍然十分擁擠。不管怎麼擠，我還是沒法擠到距離哥哥一公尺半的範圍內。我們直到走進新宿車站前的麵店裡吃午飯的時候，才終於有機會靜下來交談。

「哥，你說的大新聞是什麼？」

我避開其他客人，在角落的桌子坐下時，彎著身子小聲地對哥哥說。

「就是之前那兩包藥啊。那裡面放的是砒霜呢。兩包都是。」

「砒霜？」我好不容易按捺住差點拔高的聲調。「全部嗎？不是混在藥裡？」

「嗯嗯。據說是純度極高的無水砒霜。」

「這麼說來，哥，如果平坂乖乖把藥吃了，那麼二號房就會發生殺人事件了？也就是這個下毒未遂事件的凶手，預先將砒霜包進裝藥粉的紙包裡，然後等待機會，把兩包藥與砒霜掉包吧。」

「大概是這樣。此外，還有一個關鍵性的事實，那就是平坂從幾天以前，便拒絕再服藥了。」

「對呀。在平坂藥袋裡放進砒霜的人，並不知道他已經拒絕吃藥這件事。所以，野田所說的五個人——清子夫人、兼彥院長還有三名護士，都可以排除在外了？不對，這也未必。這五人之中也可能有人想殺害平坂，而把藥粉與砒霜對調，可是平坂運氣好，從那時起就不再吃藥了，所以企圖下毒殺害他的人，也可能以爲計畫落空了。」

1 一四五公分左右。

「我並不這麼認爲。」哥哥搖搖頭。「我覺得只就這起下毒事件，剛才妳舉的五個人都可以排除在外。從可能性這點來說，這五個人雖然最有可能在平坂的藥裡搞什麼名堂，但我覺得就因爲這樣，正好證明他們的清白。我問妳，悅子，只是假設哦，如果我生病了要吃藥，然後悅子想要下毒殺了我——哎呀，這只是比喻嘛——悅子把砒霜包進紙裡，把我的藥掉了包。因爲妳一直跟我在一起，照顧我，所以這件事做起來易如反掌。可是，我突然從那時起不想再吃藥了。我連作夢都想不到那是一包毒藥，只是很任性地說了聲『我的病已經好了！』之類的話。悅子看到我沒按計畫吃下砒霜，一定很失望，那時候妳會怎麼做呢？失望之後就算了？」

「我會把藥再換回來。」我毫不猶豫地回答。「因爲若不這麼做，很有可能被發現。如果把眞正的藥給丟了的話，那就沒辦法掉包了，所以也會把那包砒霜丟了，讓整個藥袋變成空的。就算遭人懷疑，但沒有證據，事情也會不了了之。」

「我說的沒錯吧。現在我們說的五個人當中，都有充分的機會把平坂的藥換成毒藥，相對的，萬一他們發現計畫失敗的時候，也有充分的時間把藥換回來，絕對沒有必要將毒藥塞在靠墊當中。」

「這麼說來眞的是這樣。那把毒藥放進坐墊的到底是誰，又爲了什麼原因呢……」

「妳別跳這麼快，必須一步一步來。我們可以把五個人從嫌疑犯的名單上刪除。這件事不但能縮小嫌疑犯的範圍，還能一下子緊縮藥被掉包的時間點。」

「爲什麼？」

「為了把說明簡化一點，我們將『把平坂兩包藥掉包成兩包砒霜的人』叫做『人物X』好了，可以吧？然後，將藥袋放進靠墊裡的人物則叫做『人物Y』……」

「等一下，哥，你這麼說，是認為這兩個行為是由不同的人來進行囉？」

「我哪知道這兩件事是不是同一人所為啊？只不過現在從事這兩個行為的人，都還是未知數，所以應該用不同的代數來表示，不是嗎？接下來我們再進行更仔細的檢驗，如果能證明這兩個行為都是同一人所為時，方程式的答案就會是『X＝Y＝某人』了。」

「我明白了，所以按照目前的推理，我們只證明到『X並不等於清子夫人、兼彥院長和三名護士』的地方。」

「沒錯。而且平坂住院的時候，大刺刺地進出二號房的人，只有現在舉出的五個人。平坂這個人不像是別房病人會無聊到來探訪的人，而且好像也沒有別的探病客人。所以，假設人物X想要進入二號房把藥掉包的話，X認為恐怕要在房間沒人在的時候，是很自然的事吧？可是，平坂就算身體已經幾近康復之後，除了去廁所之外，都不曾離開病房，連清子夫人也幾乎都待在室內。理論上雖然不能說夫妻從來不曾同時離開房間，但我必須說，那是極其少有、而且也極危險的機會。」

「哥，你想說的意思我大概明白了。」我插嘴說。「你想說的是，人物X進入二號房把藥掉包，是在星期日上午十點、清子夫人被趕回家以後的事吧？」

「嗯，雖然不能確定，但這個想法的確最順當。」

「那麼，哥，這個人物X，你認為是誰呢？」

「還不知道。我們對平坂這個人的私生活完全沒有概念，如何猜測得到誰有動機企圖殺害他呢？不過敬二看起來好像知道一點什麼。」

「說到敬二先生，你是怎麼發現笠井亮就是敬二呢？我怎麼想都想不到這一點呢。」

「老實說，當我想到雜誌上刊出那張平面圖時，就在猜會不會是他。笠井亮這個人，要不是實際拿到箱崎醫院的平面圖，就是以前曾在這屋裡住過。偶爾來看病的病人，怎麼可能把X光室的窗口位置，和每扇門往哪開記得那麼清楚？根據這一點就認爲笠井是敬二，雖然有點薄弱，但想起他們說敬二是個偵探小說迷，而且作文寫得好，就覺得絕對沒錯。而且見到面之後，發現他跟敏枝夫人長得眞像。」

「才不像呢，一點也不像。倒是英一先生，左看右看都像是他爸爸的兒子。」

「像啦。眼神、輪廓，幾乎是一個模子印出來的。若是他把藍眼鏡拿掉，把頭髮弄成敏枝夫人那樣，從髮線往上梳，悅子妳一定能一眼就認出來的。」

「爲什麼他要打扮成怪模怪樣的呢？」

「喜歡吧，他是個浪漫主義者啊。他知道地道的祕密，一點都不奇怪。」

「你說什麼?!」

我不覺大聲起來。哥哥輕輕地用手制止，咯咯地笑了。

「他從某處知道了地道的存在，可能把它當作自己珍藏的祕密，他以爲自己是基督山恩仇記裡的主角哩。」

「可是，你怎麼知道的呢？」

「因爲我知道偷走百合戒指的就是他。妳沒發現嗎？當我跟他說，地道裡挖出一個金屬罐的時候，他回答『那種東西怎麼會埋在土裡』。我可沒說『埋』這個字哦。」

「所以，把它埋在裡面的就是敬二了。難怪他會想問地道的事。」

「他擔心自己藏起來的戒指是否被發現了吧。不過，到底是他曉得百合那個盒子的開法，還是百合故意說謊呢？眞令人費疑猜。」

「說到百合，她眞的打算自殺嗎？那時候情勢緊迫得不像說謊，但現在看起來，總有點被她唬弄的感覺。她說那戒指是母親的遺物，我雖然不知道那戒指有多寶貴、多昂貴，但應該不至於鬧到自殺吧？」

「的確很令人起疑。而且，一個差點打算自殺的少女，竟然在找到戒指之後，便若無其事地到學校去了。就算再怎麼樣，這也太冷靜了吧。總之，我們先去巢鴨一趟。說不定會出人意表地發現百合的祕密。」

「你們要找笠井先生的話，他出去了。不過應該就快回來了。」

胖胖的老闆娘一看到我們的臉，便從對面向我們招呼。因爲昨天才見過面，她不可能把我們忘了。

「你們不妨進來等吧。因爲他說當他不在家的時候，有人來就請他們進去等。」

「不用了，沒關係，我們在這兒等就行。謝謝您了。」

哥哥在玄關的門檻上坐下來，跟老闆娘聊了起來。

「對了，笠井老弟的房租都有按時繳嗎？他母親很擔心，一直問我他零用錢夠不夠花。」

「咦？那位先生不是父母雙亡了嗎？我明明記得聽他說過的。」

「父母雙亡？」哥哥驚得呆住了，我差點忍不住笑出來。「哦，他只有父親過世了，母親尚在人世。因爲眼睛不太方便，所以或許很少寫信來。」

「原來是這樣。眞可憐哪。他的房租是壓了兩個月沒繳，不過四五天前，全都一起付清了。對，連七月份的。」

「四五天前？那是哪一天？」

「應該是四號吧。對對，我記得是四號晚上。他說剛好拿到稿費了。」

「付了多少錢呢？」

「一個月三千六，所以是七千二。」

這時，一個腳步聲響起，藍眼鏡的作家走進店裡來。他乍見我們時，露出有些困惑的表情，不過立刻擺出親切的笑臉。

「歡迎歡迎。那件殺人案後來怎麼樣了？」

「好像有了一點小小的進展，但我想再來請教一下你的意見。」

聽哥哥若無其事地說完，笠井亮——不，是箱崎敬二，很高興地請我們進到屋裡去。我偷偷觀察他的側臉，經哥哥一說，再仔細一看，他的鼻形和下巴線條，確實和敏枝夫人很像。他應該跟我同輩，卻不知爲何看起來像是長了我五六歲。

「你們想問什麼？」

厚厚的嘴唇叼起一根菸，一邊擦火柴一邊問道。

「有兩三件事想請你說明一下。第一，好不容易偷到手的戒指，你爲什麼要藏在地道裡？」

「什麼?!」

轉眼間，他整張臉脹成番茄一般紅，並且氣憤地大叫起來。

「你有什麼理由叫我小偷？地道的事我昨天才第一次聽說，我怎麼會把百合的戒指藏在……」

「百合的戒指？你果然認識百合。」

哥哥咧著嘴微笑。對方幾乎快要撲上來一般厲聲喊道：

「你到底是什麼人？便衣警察嗎？」

「別這麼大吼大叫的，敬二君。」哥哥一臉嚴肅地說。「我不是來逮捕你的，你叫這麼大聲，會把店裡的老闆娘嚇壞的。」

「那麼，你想要我怎麼樣？」

敬二嘴裡囁嚅著，有點畏怯地仰視哥哥的臉。

「我沒想怎麼樣，只是要你一五一十地把事實告訴我。如果戒指的事你不想要我說出去的話，就有義務老實回答我的問題。」

他露出「渾帳」的嘴形，但沒發出聲音，不情不願地調整了坐姿，輕聲地問：

「好，你想問什麼？」

「剛才不是說了嗎？你爲什麼要把戒指藏在地道裡？」

「因爲帶在身上很危險嘛。而且，就算是我，也會感到內疚啊。那玩意兒對百合來說，是她死去母親的遺物哩。」

「說得眞好聽，應該是拿去變現很麻煩吧？你是從什麼時候知道地道的存在？」

「好幾年了。我老爸買那棟屋子不久後，我就發現了那條暗道。我跟家裡的人玩捉迷藏時，經常利用那條隧道，可是家裡沒有一個人發現。只怪那些人完全缺乏想像力和好奇心吧。」

「所以，你的意思是，家裡的人除了你之外，沒有人知道地道的祕密囉？」

「是啊，我不覺得有人知道。」

「你對平坂這個人——算了，待會兒再問。你是什麼時候把戒指拿出來的？」

他想了一會兒才回答，那聲音和剛才相比，已經相當沉著鎮定了。

「大約星期六中午十一點左右。我好幾個月來第一次回家。爲了寫新小說，所以回家拿一兩本我的書參考。不過我不想讓家人看到我，免得又要被他們囉嗦一頓。我從後門進去，走到自己房間拿出兩本書，然後到隔壁百合的房間。剛好我需要調查女人的內衣褲，我可不是有什麼非分之想哦。我打開百合的抽屜，發現在內衣下面藏了一個除毛霜空罐。那丫頭一臉狐狸相，原來是用這個玩意兒啊。」

「然後呢？照實說，可別騙人。」

「我沒騙人啊。隨意打開百合書櫃的抽屜，結果在雕刻木盒裡找到一個戒指盒。」

「你會開那個木盒？」

「會。之前百合教過我。我把戒指放在空罐裡，拿到防空洞，藏在地道裡。現在想一想，我眞幹了一件蠢事。我根本沒想要那只戒指，只是想把它藏起來看看。然後，我從勝福寺的地下爬出來，回到這裡。我大概有三年沒走地道了。」

「除了書和戒指之外，你還拿走什麼？」

「沒有，就這些。」

「這裡的房租，你是用什麼錢付的？」

「稿費啊。」他再次露出不友善的表情說。「之前累積的稿費，他們一次給我。」

「哪一家雜誌社給你的？」

「先生，你是稅務署派來的嗎？哪一家雜誌社都跟你沒有關係吧？」

「如果你不想說的話，那就算了。對了，你有見過平坂勝也這個人嗎？」

「沒有。」

「他太太呢？」

「小清嗎？我見過她，還說過話呢。她在高中高我兩屆。」

「高你兩屆？」

「沒錯，她跟我哥同年級。」

我驚訝地說不出話來。清子夫人與箱崎英一原來是同學！我還以爲清子夫人的年紀絕對不下二十八歲。哥哥也難得露出驚奇的眼神說：

「與英一同年級嗎？她何時結婚的？」

「一畢業就結婚了。我就明說好了，哥哥對她情有獨鍾，好像說過請她等到他當上醫生的時候。當然我們家的人完全不知情，做爸媽的都很天眞，只會嘴上叨唸……」

「可是，女方不愛他嗎？我是說你哥哥。」

「哪會不愛呢？愛得死去活來呢。可是快畢業的時候，她父親破產了。平坂就是最大的債主之一。她那個破產的爸爸本來也只是經營古藝術的人，後來就成了愛情大悲劇。」

「原來如此。」

「我哥幾近崩潰，他本是一個冷靜無比的資優生，可是那年的考試最後還是名落孫山。我老爸老媽大受打擊。我老爸是個勤勞苦學的人，對名聲這玩意兒看得比什麼都重，他一直看好我哥，可以繼承他多年累積的大業。確實，我哥也是個可以繼承香火的優秀兒子。因爲他跟我這種人不一樣。」

「快別這麼說。但是，令尊和令堂完全不知道這件事的來龍去脈？」

「怎麼可能知道？我和百合倒是覺得很痛快。不過，如果按小清的意思，爲了一個遙不可及的約定，苦等十年之後嫁給小鎭醫生，也沒什麼好値得高興的吧。她跟平坂雖然差了二十歲，可是再怎麼說，等級就是不同啊！」

他驀地閉上嘴巴，因爲他察覺到我哥雄太郎已經沒在聽他說話了。哥哥的眼裡閃著某種光彩直視著前方，深深沉浸在思緒中。接著，他猛地站起來說：

「我們就此告辭了。戒指的事我不會說出去，請放心吧。這是你母親交給你的東西。失禮。」

從文具店到車站之間，哥哥一直一言不發地走著。只要一碰到他，一種緊張感就會像觸電一樣，反射到並肩而行的我身上。來到車站附近的時候，哥哥突然站住，轉身面向我，低低地說：

「悅子，妳覺得平坂眞的是失蹤嗎？」

我心中一凜，無言地凝視著哥哥的眼睛。

「平坂不會是被人殺了吧？」

哥哥再一次緩緩地說。

「你說他是什麼時候——被殺的？」

「與老太太同時被殺的。連殺兩人的凶手爲了讓人以爲平坂殺了老太太，用汽車把他的屍體搬走了。」

「可是他不是打過電話來嗎？」

我的口氣之強烈，連自己也嚇了一跳。他打電話進來的……事實，我有種再篤定不過的心情。我對平坂並沒有什麼道義之情，但哥哥的話沒道理，而且恐怖得令人難以忍受。哥哥點點頭又繼續說：

「就是這個！因爲電話的關係，直到今天我都被誤導了。不只是我，連警方也不曾懷疑過平坂是否已不在人間。但是，支持平坂還活著的假設，只有那兩通電話這一項事實不是嗎？現在，如果能證明那兩通電話不是他打來的，那到現在爲止的假設，就全部推翻了。」

「話雖然是這麼說沒錯，但我無法想像那兩通電話是假的。平坂的聲音有個特徵，就是粗啞的嗓子，大家都這麼說，應該不會聽錯。」

「可是悅子，妳想想看。接到第一通電話的人是妳，妳沒親耳聽過平坂說話。第二通是野田接的，但當時她陷入極大的恐慌之中，而且對方三言兩語就把電話掛了。在那狀況下，只要用個類似的聲音，就會被認爲是平坂的聲音了。」

「可是我接到第一通電話，完全是個巧合。照常理，應該是護士其中一人去接的。運氣不好的話，也可能碰到清子夫人自己去接呀。」

「妳說的沒錯。總之，凶手一定對假電話的聲音胸有成竹，確定自己能模仿得很像。電話是沒聽過平坂聲音的悅子，和平常膽子就很小的野田接的，其他認得聲音的人豈有起疑的道理？」

「好，那我問你，那兩通電話到底是誰打來的呢？箱崎醫院沒有一個人說話帶鼻音又沙啞的，而且電話打來的時候，男生大多都在屋裡呀。」

「男生是在屋裡沒錯，可是女生呢？」

「女生？啊，家永護士不在。她的聲音也很沙啞，音質跟平坂很相似，可是女人模仿男人的聲音，根本是不可能的，因爲聲音就差了一個音程。」

「重點就在這裡。聲音的音程是靠什麼決定的，悅子？」

「是靠音波的頻率來決定的。頻率高的聲音聽起來像高音，頻率低像低音。每提高一個音程，頻率就增加一倍。這點常識，哥哥已經知道了吧？」

「將知道的事情一一驗證是很重要的。那麼，音色又是由什麼決定呢？」

「音色嘛——音色和頻率沒有關係，是由音波的波形決定的。鋼琴的聲音，不管多高的音，它的波形都是相同的，因爲鋼琴有它獨特的波形，所以不管彈C鍵還是F鍵，都會發出鋼琴的聲音。小提琴有小提琴的聲音，長笛有長笛的，它們都有各自特有的波形，所以不論用什麼音階彈奏，都會發出該種樂器特有的聲音。但從另一個角度說，鋼琴的Do和小提琴的Do，雖然音色明顯不同，但頻率卻是相同的，所以兩者都會發出同樣的Do音。」

「妳知道了這麼多還不明白嗎？這裡有兩名男女，音質非常相似，但聲音的高度當然男女有異．就像悅子妳剛才說C鍵和F鍵的不同，波形雖然一樣，但頻率不同。對了，悅子，妳做過男聲假裝女聲，或是女聲假裝男聲的實驗嗎？」

我驚得呆住了，猶如站在黑暗中，突然有道強光射在身上一般的感覺。我抬頭仰望哥哥，用顫抖的聲音說：

「錄音機？」

哥哥點點頭。

「對了。我們沒想到這點實在太奇怪了。在音響學的課堂上曾經做過實驗，將男生的聲音錄進錄音帶，播放時加快迴轉速度，就會變成女人的聲音，而且說話的方式也會變得又急又快。

「家永護士說話聲音的頻率，大約是四百左右吧。她先用一般的速度說話，錄音起來，播放時放慢錄音帶的速度，調整到聽起來像平坂的聲音時暫停，找出它的迴轉速度。假設平坂的聲音頻率是兩百好了，那就是二分之一。所以她用兩倍的音高說話，再用二分之一的速度重播，就會形成平坂的聲音了。實際進行時沒有那麼簡單，但研究說話的口氣，反覆進行幾次，就能達到相當相似的程度吧。我認爲電話的聲音是錄音效果造成的還有一個理由。這電話內容我雖然沒聽到，但平坂在電話中完全沒有應答，沒錯吧？」

「你說的沒錯。他只說完自己想說的，就掛斷了。」

「大家都把它解釋成平坂自大的性格使然，但其實還有另一層意義。下一個問題便是，用錄音帶打電話來的人是誰？我認爲就是家永護士自己。如果用錄音帶的話，不用她打也可以，但我會這麼認爲，是因爲兩次電話打來時，她都不在現場。第一次是星期日晚上八點多，這個時間妳有沒有想到什麼？」

「想到什麼？沒有啊——哦，這麼說來，去大洋駕駛俱樂部租車的瘦小男子，莫非就是她？就女人來說，那位小姐算是中等身材，甚至看起來有些瘦削。如果穿上男人的衣服，自然就顯得矮小了。」

「我也這麼認爲。只要調查出她會不會開車，就能更清楚了吧。不過，只靠我們兄妹倆一意孤行地調查，我也感覺漸漸走進了死胡同。我們現在一定要查明的就是，如果平坂眞的被殺，他的屍體運到哪裡去了？還有那捲問題錄音帶在哪裡？她是如何運用它的？另外，在星期日晚上八點到星期一清晨兩點前，這六個小時汽車藏在哪裡？這三個問題若能得到解釋，我們的假想就不再只是單純的想像，不過這些問題的搜索，還是需要依賴警方。原本汽車的行蹤，警方也在持續偵查中吧？所以不久後或許就可以水落石出。」

「要不然我們去警察局，把我們到目前爲止得出的結論告訴他們？」

「的確，這是善良市民應盡的本分啊——八成會受到褒揚，得到一聲『辛苦你們了』然後告辭。接下來就交給警方接手，等到兒孫成群、自己成了老爺爺的時候，再把它當作這輩子最得意的功績，說給孩子聽——抱歉，我可沒興趣受到誰的褒揚，只是憑著對解謎的興趣走到這一步，所以最後的答案我也想自己找出來。當然，我並不是想阻撓警方辦案，如果他們願意讓我加入，我也會很樂意協助調查的。」

「哥哥，如果沒打算跟警察說，要不要去老警部那裡，跟他商量看看？」

哥哥大大的褐色眼瞳睜得更大了，他緊盯著我，彷彿我臉上有個洞似的，然後「唔！」的一聲，用拳頭揮向空中。

「我怎麼把他給忘了！好久沒去拜訪他了，不知道他有沒有搬家？」

我說的老警部，名叫峰岸周作，我們疏散之前住在目黑，他是老家附近的鄰居。他在警視廳擔任搜查課長多年，我們還小的時候，他已經開始過著悠閒自在的生活。不知道是什麼緣分，他與我那孤僻的父親性情投合，始終都有來往。我們都叫他伯伯，總是眼睛閃著光芒，要他說搜查罪犯的故事給我們聽。因爲父親叫他老警部老警部的，所以我們也習慣這麼叫了。不知不覺間，他已成爲我們一家的固定名詞。我們已經有十幾年沒見面，但我記得他還寫了賀年卡寄給父親，所以我想應該還住在原來的地方。這個點子既然是我提出的，當然也打算跟哥哥一起同行，但沒想到哥哥無論如何也不准我去。

「有個地方我要妳去一趟。其實我自己也想去，不過悅子一個人去比我更適當。因爲妳們都是女生。」

原來是要我去找平坂清子夫人。拜訪平坂家，我也抱著濃厚的興趣，因此決定下次有機會再去找老警部，便與哥哥在新宿車站分手。

「我的心情妳能了解吧？」

我望著清子夫人蒼白的臉，她的眼睛因爲睡眠不足而黑了一圈。

「我知道，剛才在門口趕人送客，實在不好意思。不過，我已經受夠了日日夜夜的煎熬。報紙上寫成那樣，只要一不注意，新聞記者便直接闖到家裡來。連我家女傭阿時出去買東西，都被人說三道四，或是遭人側目呢。這個老女傭從我小時候就跟在我身邊，打心底爲我著想，多虧有她在身邊，幫了我很大的忙，如果是個年輕的女孩子，早就逃走了呢。言歸正傳，妳今天來想問些什麼？」

「我這麼問有點唐突，清子夫人，您相信您先生會做出那種事嗎？」

這話一說出口，我便覺得自己口氣太重了，好不容易她願意打開心門，萬一把她惹惱，便都付諸流水了。哥哥常常說，我們沒有質問別人的權利，所以在不傷害對方自尊的情形下，引導他說出事實，就好比走鋼索一般困難。不過，夫人似乎並沒有生氣的樣子。

「我不相信。」她毫不猶豫地說。「悅子小姐，您不知道吧，我先生再怎麼樣也不可能爲了生意殺人。他看中什麼東西，不管得用如何殘忍的手段、不管用如何艱難的手段，他最後一定會得手。但是觸犯法律的壞事，他是絕不會幹的。」

「那麼，如果假設——眞的只是假設而已——有人說平坂先生並不是失蹤，而是被殺害的話，夫人您也覺得這是不可能的嗎？」

夫人的臉色一陣青一陣白。對這位憂心愁苦的太太說出這種話，實在很不應該，我心裡暗暗後悔，但是夫人卻用顫抖的聲音，清晰地回答：

「若是如此，我想是可能的。」

「爲什麼？」

「那個人做的很多事，就算被人殺了也無話可說。說老實話，我自己也有好幾次想殺了他。」

「這話您千萬不可以說呀。」我慌忙阻止。「平坂先生或許眞的是被人殺了。警方可能在近期內也會從這個方向進行搜查吧。到那個時候，您這話若是讓警方知道，可就不妙了。」

「妳眞是個老實的好女孩。我若是眞的殺了我丈夫，妳想我會把這話說出來嗎？」

夫人說這話時，聲音裡帶著些微的嘲弄。我有點生氣，但還是裝作沒事地問：

「但是，不管您先前的想法怎麼樣，若是您先生眞的遭人殺害，確定有個凶手的話，您還是會希望查明眞相吧？」

「嗯，那倒是。」

夫人回答得模稜兩可。我繼續問：

「夫人，如果妳這個星期，有哪裡覺得奇怪，或是納悶的地方，可否告訴我呢？不管怎樣無聊的小事都無所謂。」

「對了，經妳這麼一說，我想起有件事有點怪。平坂失蹤是星期日傍晚的事吧，我接到電話通知，坐車到箱崎醫院，進到二號房的時候，發現一條平坂的領帶——住院時我幫他打的藍白條紋領帶——吊在窗邊呢。」

「窗邊是指？」

「就是掛窗簾的鐵絲上。領帶明明收在行李箱裡的。平坂平時對衣物的整理，要求很精細。曬得到陽光的窗邊，爲什麼會特意掛了一條沒用的領帶，這點我怎麼都想不通。」

「這件事您跟警察說了嗎？」

「沒有，後來才想起來的。我一開始以爲是工藤太太吊的。不過這也不太對。」

「是六號房那位工藤太太嗎？爲什麼您會想到她？」

「我五號那天——星期日傍晚回到二號房時，工藤太太在房裡。」

「二號房？」

「對呀。她說：『護士小姐把洗好的衣物送錯了，所以我來這裡換回去。』然後向我道歉。我和我先生都不在二號房，所以就算想拒絕她進來也不好說。不過只覺得這位太太眞沒禮貌。」

「您和工藤太太以前認識嗎？」

「我？不認識。這次住院之前從來沒見過她。她們家病人也出院了嗎？」

「是的，昨天。」

我後來又跟她談了一些地道的事才告辭。剛才問到的幾件事該如何組合起來，我一時還抓不著方向。

「老警部一點都沒變呢。」哥哥一看到我，便精神奕奕地說。「他還是一頭灰白頭髮，威風的模樣不下當年。他喝斥我爲什麼不帶小悅來呢。」

「你把這次的事件跟他說了嗎？」

「說了。事情才說完，他的勁頭都來了。他說他會去查查星期日以後出現的無名橫死屍體——倒是妳那邊，結果怎麼樣？」

我把跟平坂夫人見面的經過，詳細地向他報告。哥哥聽得津津有味。

「她說工藤太太在二號房，是在確認平坂失蹤之前，還是之後呢？」

「當然是之後囉。因爲護士通報平坂不見，整個醫院一陣騷動是在五點剛過，打電話叫清子夫人過來，是在六點二十分左右。」

「於是，工藤太太聽到平坂失蹤以後，才進二號房的。然後——」

說到一半，哥哥突然頓住了。馬路對面的轉角出現兩名少女，一個皮膚白皙、五官娟秀，另一個是百合。兩人從箱崎醫院走出來，站在轉角說了一會兒話，才互相點頭表示「再見」。然後，百合從剛才出來的路回去了，另一名少女則朝著我們站的方向走來。

「是百合學校的同學吧？」

哥哥在我的耳邊小聲說。

「百合在老太太發生不幸之後，向學校請了假，所以那同學是來弔祭，順便慰問她的吧。」

「好像是很熟的朋友，我們跟她聊聊吧。」

我們走近那位白皙的少女。

「妳是桑田百合的朋友嗎？」

哥哥靜靜地招呼她。少女稍微睜大了細長的眼睛點點頭。哥哥表明自己是箱崎醫院的房客，爲了想早點解決這件可怕的案子，所以正盡可能地從旁協助。接著他問：

「百合在四日星期六那天，模樣看起來有點怪，好像在擔心什麼事。我們也很替她擔心，不知道她在學校是不是也這麼憂心忡忡？」

「不會呀，星期六那天她看起來很高興，正好戲劇社的——」

少女說到這裡，倏地把話呑了回去，好像把不該說的事說溜了嘴。

「怎麼回事？如果有什麼不該說的事，我和妹妹都不會說出去的。百合這孩子可能因為身世的關係，不想讓別人知道她的心底話，所以我們想幫她卻苦無途徑。如果不麻煩的話，可否請妳告訴我們，這都是為了百合好──」

少女低下頭思索了半天，終於說：

「如果你們不會跟別人說的話──」用這句話當開場白之後，她才娓娓說起。「星期六的課是在早上，下午起是各社團的活動時間。我們戲劇社也集合了所有團員，討論秋天戲劇節的事。我們今年想表演稍微正式的戲劇，正在計畫演出霍普特曼[2]的《孤獨的人》。服裝和舞台裝置希望盡可能華麗一點，所以要準備資金。戲劇社社長杉山同學星期六因為親戚結婚沒辦法來，桑田和我兩個人跟三年級的同學商量了很久，談得很開心。」

「百合也是戲劇社的社員嗎？」

「是的，從一年級就加入到現在，但是她沒告訴家人演戲的事。百合說她可以不吃飯，但不能不演戲。將來如果可能的話，她還希望加入新派戲劇團。姑丈和姑姑說過，希望她讀醫科或藥學，再不然至少去讀看護學院，所以要她三年級就退出社團，專心準備考試。百合表面上退除社員資格，但實際的練習或其他活動，她還是照舊參加。」

2 Gerhart Johann Robert Hauptmann，1862-1946，十九世紀德國劇作家，一九一二年獲得諾貝爾文學獎。

「她這麼做一定會被發現的。」

「可是，到今天為止，她在別院都掩飾得很好。這也是因為百合在學校的大小事，都請祖母出面處理。像是家長會也是祖母來參加。百合繼續參加戲劇社的事，祖母是知情的，她也一起瞞著姑丈他們。其實我心裡也認為這麼做不對，姑丈和姑姑考慮她的將來，為了她好才會這麼做。不管怎麼說，她隱瞞這件事，只會令她和姑丈之間產生嫌隙而已。可是，百合自己說，如果離開戲劇社，她就沒有生存的動力了，而且就社團來說，少了她的加入，眞的冷清很多。大家為了考試，一到三年級就紛紛退社，所以三年級生只有我、杉山和百合三個人而已。」

「百合很討厭她的姑丈姑姑嗎？」

「好像是這樣。我和百合從國中就是好朋友，很了解她的性情。其實我覺得她是個心地善良的好人，但有時候或許有些胡思亂想。她曾經說：『姑丈是外人也就算了，但姑姑是自己人，卻那麼冷淡。除了祖母和敬二表哥之外，家中沒人在乎自己。』照我看，那個敬二表哥倒不怎麼樣，只有祖母是個好人，她是眞的非常疼愛百合——」

「星期一百合看上去怎麼樣？」

「要說星期一那天，是祖母過世的日子——啊，不，應該說是屍體被發現的日子。那天早上，百合好像是遲到了一個小時。對了，第一節課的時候，她打電話來，說今天身體不舒服想請假。學校職員來說的。後來第一節課結束時，百合卻來了，我們都很驚訝。百合臉色有點蒼白，但看起來跟平常沒兩樣。下課時間，她好像跟杉山說了什麼。

第二節才剛開始，就有電話要找百合，說是祖母過世了，請她馬上回家。」

「她聽到消息時的態度呢？」

「臉色發青，呆了大約一分鐘，才急急忙忙收拾書包衝出教室。若是我遇到那種情形，一定也是那樣吧。」

「非常謝謝妳。我問的這些事，妳先別告訴百合好嗎？她是個那麼敏感的女孩，我怕她會有不必要的聯想。」

少女露出明白的表情，點了點頭。我們向她告別後，往醫院走去。

才走進醫院的玄關時，兼彥院長看到我們的身影，從診察室出來。

「仁木君，五分鐘前有一通電話找你。」他向我們告知這個訊息。「我記得他叫峰岸。」

「峰岸！他有說什麼事嗎？」哥哥的喉結上下滾動了一下。

「他要我跟你說，發現錄音機了。詳細情形他會直接過來跟你說。你弄丟了錄音機嗎？」

「不是我的，是用來殺害平坂的錄音機。」

「什麼？你說那個人被殺了？什麼時候發現的？」

「請不要那麼大聲。」哥哥一邊揮手制止，一邊說，「目前還沒有獲得證實。請問，家永護士會不會開車？」

兼彥院長眨了眨眼睛，但受到哥哥面容嚴肅的影響，他也露出緊張的神色。

「我沒聽她說過。不過她家裡是開車行的，或許知道怎麼開吧。」

「她家裡開車行？」哥哥用倒抽一口氣的聲音喃喃說道。

「她父親有自己的車子，幫人當司機。不過這是怎麼回事？」

哥哥把自己架構的推論說出來。當他說到僞裝電話的時候，兼彥院長突然臉色一變，平日的冷靜蕩然無存，握成拳頭的雙手微微顫抖著。他把下巴頂在胸口，像是藉此鎮定自己的情緒，又呆望著地板好一會兒，才用沙啞的聲音說：

「你說的或許沒錯。但是，仁木君，錄音機這種東西，在今日已不是什麼珍稀的用品，不能因爲那個男人拿著錄音機到處走，就把它當作他是凶手的證據吧？」

「院長，我都還沒說凶手是誰呢。你說帶著錄音機的男人在哪裡？」

兼彥院長吃驚地抬起頭，用探詢的眼神目不轉睛地看著哥哥的臉。那是懷著祕密的人想打探對方發現該祕密到什麼程度的眼神。兼彥院長輕輕苦笑說：

「對了，如果平坂被人殺害，那麼動機到底是什麼？還是生意上的爭執嗎？」

「那部分我還完全無法想像。院長看起來好像有什麼想法，您是否想到什麼跟凶手或動機有關的事？比方說，平坂以前的行爲？」

兼彥院長搖搖頭，好像在說絕無此事。接著，他帶著有些哀求的聲音說：

「我對那個人的了解，只有他是我的病人這個事實。若要再說得直接一點，他對我來說是一個重要的客戶，我重要的客戶，對我的家人而言也同等重要。」

哥哥的眼睛瞬間亮了起來，但又馬上恢復成柔和的表情，露出微笑。

七月八日 星期三

「院長，我還是想和家永小姐碰個面，問清楚幾件事。雖然我不清楚院長擔心的是誰，但那個人未必就一定是凶手呀。我們盡可能挖掘出眞相吧，到時候再來憂慮還來得及。」

兼彥院長充滿緊張的臉上，浮現出類似鬆了口氣的神色。他緊緊盯著哥哥的眼，嘴巴動了動似乎想要說些什麼，但沒有發出聲音。哥哥並未追問，撇下兼彥院長穿過候診室，向迎面走來的野田護士出聲叫道：

「野田小姐，家永小姐在哪？」

「她出去了，大約二十分鐘前。」

這是哥哥得到的回答。

「出去了？在傍晚這個時間？」

兼彥院長表情訝異地插進來說。

「是啊，她說馬上回來，如果院長叫她的話，要我傳達一下。她背著她最得意的綠色皮包，急得像什麼似的。」

就在野田這句略帶戲謔的話就要說完的時候，不知從何處傳來一聲高亢的女人慘叫，振動了沉滯潮濕的空氣。我們驚愕地彼此對望，接著是恐怖的死寂——僅僅幾秒鐘，每個人的臉上都失去了血色。

「是不是家永小姐？」

出現在藥局門口的人見護士，顫抖著下巴說。這句話讓我們回過神來。野田護士像鬼一樣臉色發青，腿一軟坐在地上。

「在防空洞！悅子！」

哥哥率先跑了出去，我也立刻跟在後面，隨便套上放在玄關的鞋，我們衝到室外。繞過藥局轉角的同時，高高隆起的防空洞躍入眼中。黑乎乎的洞口只見一個趴俯女子的上半身，在黃昏的暗影中顯得格外蒼白。

「家永小姐，妳怎麼了？」

哥哥跑到她身邊，扶起女子的肩膀。家永護士全身劇烈痙攣，發出既不是說話也不是呻吟的聲音。她的右肩有個傷口，血正汩汩流出。

「是家永嗎？果然是她。」

晚一步跟來的兼彥院長茫然說道。

「她受傷了，得快點把她抬回屋內。」

「仁木君，你抱住她的頭，兩個人才抬得動。」

兼彥院長走到護士的腳邊——不過，她的腳還在洞裡看不見——的時候，他沉吟了一下又說：

「你會不會害怕？還是我來抱住頭的位置？」

「沒關係，我們抬起來吧。」

兼彥院長和哥哥合力把護士的身體從洞口拉出來，重新讓她仰面向上再抬起。我站在一旁全身不住地打顫。實在太恐怖了。她的皮膚變成紅紫色，臉痛苦地扭曲著，嘴唇好像快死掉的魚，不停地一張一合。兼彥院長看了一眼，絕望地搖搖頭。

「可是，她只有肩部受傷呀。」

哥哥疑惑地叫道。她全身上下都沒有明顯的傷痕，右肩上的傷也很小，大約只有兩公分左右，所以出血量不多。

「不是傷口的關係。」兼彥院長喃喃地說，「那是被毒蛇咬到的症狀——」

這時，哥哥懷裡的護士動了一下，她張開眼睛，喘了一兩口氣後說了些什麼。

「啊？妳說什麼？」

哥哥緊迫地大聲問道。發紫的嘴唇動了一下。

「貓……貓……」

「貓？貓怎麼了？」

她緩緩地舉起右手想要指向洞口，但下一秒鐘，那隻手便頹然掉了下來。她的身體再次痙攣了一陣，便斷氣了。距離我們跑向她身邊才不過兩分鐘。

「太過分了。」兼彥院長說。「凶手聽到我們的對話吧，所以才把家永——」

我們每個人都受到很大的驚嚇。眞凶是在哪裡聽到我們的對話呢？讓家永護士永遠閉嘴的惡魔，已經逃到別處去了嗎？或是還藏身在這個家的某處呢？聽到身後的腳步聲，我回過頭去。結果是敏枝夫人和英一兩個人。別院那邊應該不至於聽到叫聲，所以一定是人見護士去通報的。

「怎麼回事？啊？這不是已經死了嗎？」

英一一邊走近，同時用冷靜的眼神注視屍體。敏枝夫人似乎不想靠近，一隻手扶著牆，轉開了臉。

把屍體的處理交給屋裡的人後，哥哥再度走回防空洞附近，彎下身子向裡面探看。洞裡絲毫沒有生物存在的氣息。哥哥從口袋裡拿出手電筒，很謹愼地照向往下的石階。石頭表面沾著血，一直延續到洞中。

我們一面小心不踩到血跡，一面走下去洞裡。前面也提到過，石階的旁邊有塊遮光用的木板裝置，它的角落是個凹洞，用來放蠟燭的。就在那個凹洞的前方，我看到一把刀掉在地上。刀刃的寬度不到兩公分，大約比鋼筆再長一點，白色的刀柄像是骨頭製的，十分精美。因爲細長，乍看起來有些纖弱，但刀鋒卻沒有想像得薄。從它銳利的尖端沾了血看來，可以斷定它就是刺中家永護士肩頭的凶器。地上的血跡正好從那附近開始，一直延續到石階的位置。

哥哥沒碰刀子，而是蹲在地上仔細觀察，之後，又用手電筒在地上來回探照。距離刀子掉落的地點約四十公分處，有一個綠色的塑膠手提包，開口大大開著。手帕和粉餅掉出來散了一地。

「咦？這是什麼？」

黃皮的錢包和粉餅之間，哥哥發現了一個奇妙的東西。那是一根很粗的鐵絲，但一端彎成鉤狀，另一端則扭成圓圓的杓狀。全部拉直的話，大約有三十五公分左右吧。

「悅子，妳白天進來這個洞裡時，有看到這東西嗎？」

哥哥的問題，我很有把握地回答：

「沒有。當然，也沒有刀子和皮包。」

「別碰那刀子哦，悅子。」哥哥提醒我。

「我知道啦。會妨礙指紋檢驗嘛。」

「這也是原因之一，我是怕那刀刃上塗了劇毒。如果手指上有傷口的話，可就要步上家永的後塵了。」

對呀——後知後覺的我戰戰兢兢地看著地上的刀子，這時哥哥突然自言自語地說：

「貓的毛。這裡眞的有貓呢。」

哥哥把手電筒靠在凹洞中，專注地端詳起來。

「你說的貓，是奇米？」

「八成是，這裡掉了幾根黑毛。」

我聽到外面有警笛聲，看來是警車到了。於是我們起身，踩著石階的邊緣出到洞外。大門前有兩名警官正在向屋裡的人聽取事情經過。我和哥哥靠過去，英一回頭問道：

「在那洞裡有找到什麼嗎？」

「有一把沾了血的刀子，還有好像是家永小姐的提包——」

「你沒有碰那些東西吧？」

一名警官高聲喝道。

「沒有。」

「還好你沒碰，剛才那刀刃上，塗了眼鏡蛇的毒。」兼彥院長說。

「那就是死因嗎？」

「還不能完全確定，但我想應該就是那種毒。她右肩的傷是從後面刺中的，除此之外，身體一個傷痕也沒有。」

「可憐的家永——所以，現在馬上繞到勝福寺去，這樣就能在凶手逃出來的時候抓到他。」

人見歇斯底里地大聲喊叫。哥哥驚奇地看著她。

「妳是說凶手從那裡逃走了嗎，人見小姐？」

「當然是從地道啊，這還用說嗎？」

「那是不可能的。凶手並沒有從地道出去。」哥哥斬釘截鐵地說。

「為什麼你這麼肯定呢？」英一插嘴問，接著又說：「我聽百合說了，沒有人從後門出去。如果從前門出去的話，你們或是護士們應該會看到吧。因為玄關的門一直開著。如果沒有從地道逃走，那你的意思是說，凶手現在還在這個醫院裡囉？」

「凶手在不在這裡我不知道，但沒從地道出去是確定的，大家不知道，那個地道的蓋子，被人用釘子釘住了嗎？」

哥哥有點困惑地看著周圍的人。我永遠不會忘記這句話在眾人間引起的反應。人見好像看到鬼一樣開始發抖，兼彥院長和英一不可置信地挑起眉毛，而敏枝夫人睜大了眼睛環視著每個人的臉，好像想從中讀出到底發生了什麼事。哥哥也是一樣，愕然地問說：

「那麼，把那個蓋子釘死的，並不是府上的人囉？」

「究竟那蓋子是怎麼釘死的？」

兼彥院長略帶不安地問。

「雖然說是釘死，但蓋子的表面是水泥，釘子打不進去。不過，地面和蓋子的縫隙間，插了兩根五寸釘進去，讓蓋子沒法子打開。若想把釘子拔掉，不用費力就能拔起，但是，進到地道、蓋上蓋子之後，如果沒有共犯，是不可能再從內側把釘子釘回原狀的。」

「喂，這件事待會兒再說，現場在哪裡？」

一旁的警官不耐煩地說。於是兼彥院長帶路到防空洞，英一也跟在後面。

「我們必須回到屋裡去。屍體放在哪裡？」

聽到哥哥的問題，人見小聲地回答：

「手術室。」

「喂！雄太郎！」

這時候，一陣木屐聲隨著健朗的呼叫而來。我們齊回過頭去，令人懷念的峰岸老警部，帶著從我們兒時起一點都沒變的大戽斗，跨進門裡來。

「耶，這不是小悅嗎？變成個大姑娘啦。」老警部朝我的方向眨了眨眼睛，才又轉向哥哥。「那邊停了那種車是怎麼回事？先前說的案子又有新事證了嗎？」

「又有人遇害了。第三件。」

哥哥把剛才發生的事簡要地做了說明，然後向敏枝夫人介紹老警部。

「這眞是駭人聽聞啊。夫人一定很傷心吧。」

老警部向夫人道了幾句安慰。

此時，又有一輛車停在門前。站在幾名刑警最前頭的，是之前發現桑田老夫人屍體時，訊問我們的那位膚色微黑的胖警察。那時候我們什麼都不知道，以爲他只是個初出茅廬的派出所小員警，後來才聽說他是警視廳搜查一課的砧警部補，因爲破了上野一家五口滅門案，立了大功，近來應該會擢升爲警部。我們因此對他大感尊敬，所以今天我們的禮貌自然也等比例地周到。

峰岸老警部看到剛到的刑警，便湊上前去主動自我介紹。這位一向馬虎隨便的老人，穿著洗得發白的藍襯衫，配上有點變長的五分半灰白頭髮，看起來就像誰家老爹的模樣，但砧警部補一聽到他的名字，馬上表現出一種敬意。由此看來，他在年輕時應該相當出名。

「辛苦你們了。怎麼樣，如果不會阻擾你們，能不能讓我加入？老人可能只會誤事哦。」老警部的請求，馬上就被接受。老人繼續說：「除此之外，這位仁木雄太郎和他妹妹也願意協助我們調查，希望你讓他們參與訊問。晚點再仔細說給你們聽，仁木這孩子可是相當能幹的名偵探哦。我敢保證他一定能幫得上忙的。」

砧警部補的臉色不太樂意，他的眼神流露出「哪裡跑來這兩個礙事傢伙」的意味，細細朝我們打量了一番。但老警部一再熱心推薦，他才終於接受。

「訊問要在哪裡進行？」老人興致勃勃地問道。

「這裡應該有接待室，所以就用那裡吧。上次是把護士和病人集中在一起詢問，今天晚上必須一個一個來了。」

「那麼，你們先去現場看一看，這段時間我在接待室和仁木兩兄妹談談。有件事得先跟他們說。」

老人宛如回到自己家一樣，在玄關脫了木屐，打開貼有「接待室」木牌的門。

「錄音機在哪裡？」

哥哥還沒來得及坐下，便小聲問道。

「哎，你別那麼心急嘛，鎮定一點，你這性急的模樣，眞像你父親。」

老人拿出一支菸斗，那上面彷彿沾了上個世紀至今的手垢，烏亮亮的，他塞了很多菸草進去，一邊說：

「我說孩子啊，你知道有家名叫和佐的店嗎？」

「就是前面大街往左轉的澡堂，再過去兩間的當鋪嘛。」

「那麼恆春堂呢？」

「恆春堂？」

哥哥一臉認眞的開始思索。我也覺得這個名字好像在哪兒看過，但半天想不起來。

冷不防地，哥哥拍了一下手掌叫道：

「我想到了！那個恆春堂與和佐屋，在錄音機這件事上各有各的任務。」

「你說對了。看來我不需要多加說明了。我先不說，聽聽你的推理吧。」

哥哥似在整理思緒，有一會兒沉默地閉上眼睛，過了許久才慢慢地開口。

「現在我還不明白，那台可疑的錄音機是在何時、何地購買的，又是在何時進行我們提到的錄音。錄音的地點，我想恐怕就在防空洞，因爲就算在那洞中大聲呼叫，屋裡的人也是聽不到的。今天，悅子在那個防空洞裡罵我是『殺人犯』的時候，沒有人對此有所反應，可見悅子的尖叫在屋子裡是聽不見的。」

「小悅罵你是殺人犯？這是怎麼回事？說來聽聽。」

「一件無聊的小事啦。但是現在可以確定，在那個洞裡大聲喊叫，聲音也無法傳達到屋內。剛才家永護士也是一樣，我想她在爬出洞口之前，一定慘叫了好幾次，但我們一次也沒聽見──回頭說到錄音，我看錄音的時候，恐怕除了她之外，身旁還有別人幫忙進行機器的操作。那個人才是殺死平坂的眞正凶手，家永護士只不過是共犯罷了。」

「換句話說，在家永護士肩頭刺上一刀的，也是那個人了。好，那接下來呢？」

「錄好的帶子調整到放在話筒邊就可以操作的狀態，然後放進錄音機中，藏在地道裡。星期日下午兩點，凶手埋伏在防空洞裡，等平坂進來時將他殺害，然後……」

「等等，凶手如何知道平坂要到防空洞來？」

「因爲有桑田老夫人的信。那封信在星期日上午寄到，而將它拿到二號房給平坂的人，便是家永護士。她一定偷偷地把信拆開，知道那天下午兩點，平坂和老夫人約在防空洞見面的事。她向她的共犯──是男是女還不知道，但早就共謀要殺死平坂的人──

透露這個消息，然後把信照原樣封好，裝作不知情的樣子送去給平坂。」

「所以，你是說殺死桑田老祖母的，也是同一個凶手？」

「恐怕是這樣。不知道老夫人和平坂商量了什麼內容，所以無法斷言是怎麼回事。不過，我們還是把話題集中在殺害平坂的人身上吧。凶手他——還是她？我們不知道——殺了平坂，把屍體藏在地道中，入夜後，家永護士宣稱要去澡堂而出了醫院。那時，她悄悄潛到防空洞，把錄音機拿出來。女人哪，去澡堂的時候不都要帶著大包小包的嗎？像是大浴巾、擦澡用的絲瓜布，還有洗完澡之後穿的浴衣等等，宛如乞丐搬家一般。她很有可能是用男人的褲子包住錄音機，外面再用包袱巾綁著提出去。但是，她去澡堂之前，還有很多事要做。首先，她到澡堂前的公共電話，叫總機接到箱崎醫院，然後撥打平坂聲音的第一通電話。那電話是悅子接的。之後，她走進澡堂再過去兩間的當鋪和佐屋，把錄音機押進去。然後，她回到澡堂，火速洗了個澡，再跑去車站前的租車行。她可能在車站的廁所或哪裡把裙子換成褲子，戴上米色帽子，然後走進租車行租了一部車。她平常就穿著男性的開襟襯衫，所以上衣的部分不用換。然後她把車子藏在某處，在車中把衣服換回來，再回到醫院。」

「藏匿汽車的地點，你可有想到什麼地方？」

「沒有。本來我就是打算回來之後，好好地問她汽車和錄音機的事，沒想到一到家就是這種情形了。錄音機的部分，多虧您的幫忙，終於解開了。」

「那麼，我們先把錄音機這部分告一段落，再往下說吧。」

「第二天——也就是六日星期一，她出外打聽桑田老夫人的下落。她倒是眞把這交辦的任務完成了。她先去當鋪把昨晚的錄音機贖回，然後用放在提包裡的錄音帶，打了第二通電話。她的盤算——說起來也就是凶手的盤算，在他們的計畫中，沒料到老夫人的屍體這麼快就被發現，所以她想也沒想便放出錄音帶，但我們這邊的反應有些異樣，野田護士一聽到平坂的名字便尖叫起來。於是，她察覺到屍體被發現了，便掛斷電話。在那種狀態下，就算平坂再怎麼傲慢，也不可能再繼續播放不能應答的錄音帶了。她一跑出電話亭，馬上拿著錄音機到恆春堂，隨便用個價錢把它賣了。錄音帶可能是消音或是全部銷毀了吧。恆春堂那家店，就位在醫院到車站路上的右側，是一家沒什麼人上門的舊貨店。」

「漂亮！我這裡得到的情報，跟你所說的完全吻合。我認識一個人，現在是青少年保護聯盟的委員，從前是個竊盜慣犯，警察眼中的燙手山芋。但現在改過自新，正經做生意之外，還投入不良少年的輔導與更生。因爲他經驗豐富，最拿手的就是到當鋪和舊貨店繞一繞，嗅出什麼贓物。我在你一回去後，馬上打了電話給他，叫他到箱崎醫院附近的當鋪或舊貨店去找一找。因爲我知道你的性格，如果不動聲色讓你去跑的話，沒多久你也能自己推敲出結果，但是天氣這麼熱，漫無目標地去找，不是件輕鬆的事呢。

——如你所推測，錄音機眞的在恆春堂。我叮囑他暫時別賣掉，所以只要告訴砧警官，他就會處理的。根據恆春堂的說法，那台錄音機是六日上午十點左右，有個穿灰色衣服、戴著眼鏡的瘦削女子放在那裡的。當鋪和佐屋則說，星期日晚上八點十五分左右，有個穿著男性開襟襯衫、藍裙子的女士，把錄音機押在那裡，星期一上午九點半左右表示要取回。兩邊都必須來確認一下屍體。

「說到屍體，意外死亡的屍體方面有什麼進展？」

哥哥用更嚴肅的口吻問。

「意外死亡的屍體，唔，我查過了。原本你到我那地方來，就是爲了這件事嘛。查是查了，但這一方面你的推理好像錯了。平坂的屍體——假設他眞的被殺的狀況下——肯定還被藏在什麼地方。因爲星期日以來，身分不明的屍體共有三具。一具是女性，沒有問題；另兩具是中年男子，這一點很接近，但跟你所說的平坂特徵不符。如果你還想再進一步追查的話，我可以幫你去問問，再檢查一下屍體。」

這時候，一群人紛雜的腳步聲逐漸接近，接待室的門開了，砧警官露出臉來。

「怎麼樣？」老人問。

「現場調查結束，剛才命令他們進行屋內外的搜索。凶手是不是外面的人，現在還不知道，但如果他藏在屋院之內，應該馬上就能抓到。」

「不過，如果是外面的人，殺了人之後應該會馬上逃走吧。雄太郎他們從門口跑到死者所在之處這段期間，有十分充裕的時間從後面逃走。畢竟那時候警察還沒有進駐到家門附近。」

「可是根據住戶的說法，聽見哀嚎聲之後，並沒有人從後院離去。我打算現在才要進行詳細的訊問。」

「訊問之前，我有件事要先告訴你，是個非常重大的事證。」

老警部把錄音機的事，概括地敘述了一下。砧警官的臉越來越緊繃，他立刻叫來屬下，命他們到恆春堂取來錄音機，吩咐他們順便把舊貨店和當鋪、租車行的店員找來。

「這樣就好、這樣就好。」老警部自顧自滿意地說。「好了，小雄，咱們退到一邊去吧。接下來的訊問工作，可不能打擾他們。」

我們正要走到窗邊的長板凳。

「沒關係，按順序是從家裡的人先來，就從你們開始吧。」

警部補朝我和哥哥伸伸下巴。

「首先，從你開始。姓名？」

哥哥報上名字，回答問題，我們陳述了聽到慘叫聲時的狀況。

「好，你聽到慘叫之前，或是之後，有看到誰從門口出去嗎？」

「沒看到。」

「玄關的門是開著的吧？」

「是的。如果有人出去，當然會看見。我們跑去防空洞的時候，除了家永護士之外，也沒看到任何人。」

「你進到防空洞裡的時候，就看到地道的蓋子用兩根釘子插住嗎？」

「是的。」

「你知道是誰做了這件事嗎？」

「不知道。今天早上蓋子沒有任何異狀，我猜想是後來家裡的某人，把它釘住了——」

我再也無法保持沉默，一股腦從椅子上站起來，不知不覺地衝口而出：

「是我做的。是我用釘子把地道蓋子封死了。」

警部補、老人和哥哥，大家都瞪大了眼睛，一起把視線投向我。

「我今天早上做的。我是想，那種地道如果一直開著，很難令人心安。」

我把被哥哥嚇到而生氣，因而在地道蓋子的間隙插進兩根五寸釘的始末說明了一遍。

「所以，沒有人知道這件事。凶手期待大家以爲殺手從地道逃走，也很放心吧。」

老人自言自語地說。

我除了報告地道蓋子的事以外，幾乎沒別的事可說，所以對我的訊問十分簡單就結束了。在我之後被叫進來的是兼彥院長，但也只說明了聽到慘叫時的狀況、家永護士死時的樣子、平坂的性格、手術和之後的經過、失蹤當時的狀況等，全都是我們已經知道的事實。兼彥院長也證明，前門絕對沒有人出去。

「說到死因，你說過是毒蛇的毒？」

「我猜想是那樣，但無法斷言。」

「這家裡有擺那一類的東西嗎？」

「沒有，我們沒有那種東西。我只是從症狀來研判。」

「被害者被塗了毒液的刀子刺中肩膀之後，有辦法在地道的蓋子上釘釘子嗎？」

「你是說凶手從地道逃走之後，家永又把蓋子恢復原狀，再釘上釘子嗎？那是不可能的。我覺得，家永蹣跚地爬到洞口，發出叫聲已經是用盡九牛二虎之力了，那邊的法醫也——」

「法醫的意見我會再詢問。還有，你有見過這個家裡有誰用過錄音機的？」

「從沒見過。」

兼彥院長很明確地否認，但我感覺到，他的聲音裡透露著不安。

「被害者死前說了什麼嗎？」

「她說，貓、貓，然後指著洞口。」

「你沒有聽錯吧？」

「絕對沒聽錯。但是，爲什麼她會說貓，我實在想不通。」

「這個家裡有養貓嗎？」

「有一隻黑貓。」

「發生凶殺事件時，那隻貓在哪裡？」

「我不知道。平常牠都在別院——我們家人的住屋。很少到醫院這邊來。」

警部補轉身從後面拿出一個鐵盆，放在桌子上。盆子裡有我們在防空洞裡看到的手提包、包裡的東西、彎折的鐵絲和凶器刀子。警部補把這些東西拿給兼彥院長看，問他有沒有熟悉的物品。兼彥很慎重地一個個拿起來仔細察看。

「這個皮包我有見過，但不記得是哪個護士拿的。我記得見過她們其中一人拿過，不過其他的東西，我是在帶警官到防空洞時才第一次見到。」

「結束了。麻煩請尊夫人進來。」

敏枝夫人臉色如同死人一般，即使在老警部好言勸慰中坐進椅子裡，也還是一直不住地打哆嗦，好一陣子都無法開口。但爲了回答警部補的問題，好不容易才開口說話。

「我沒聽到叫聲，我在餐廳裡擺碗筷。」

「您府上還沒有用晚餐嗎？」

「是的，護士和病人的晚餐已經用完，我們接下來才要吃。」

「那麼，餐廳裡還有別人在嗎？」

「英一，他在聽收音機。他是我大兒子。還有我們家女傭，她在餐廳隔壁的廚房裡。」

「妳是怎麼得知這起事件的？」

「聽人見小姐說的，她是我們家的護士。她跑到餐廳來說：『剛才聽到防空洞那裡傳出一聲慘叫，好像是家永。』我嚇了一跳，一時間無法了解她在說什麼，但英一已經站起來往外跑去，我也跟在他後面出去。」

「然後呢？」

「走到防空洞一看，我先生和仁木君站在洞的入口處，正要抱起家永護士，悅子站在一邊看。」

「被害者那時候是什麼樣子？」

「我不記得了。我沒看清楚，太恐怖了——不過，我想她已經死了。」

「爲什麼？」

「英一說的。我記得他說：『不是已經死了嗎？』」

「夫人，妳在餐廳的時候，貓在哪裡？」

「貓？我家的貓嗎？不知道呀，牠可能在跟幸子一起玩吧？」

「夫人有沒有見過這些物品？」

「這個皮包是家永的。其他的東西我不清楚。」

「前天，聽說家永護士外出去打聽您母親的消息，這是誰的指示呢？」

「是她自己到我面前來，跟我說她要去問的。我很高興她願意幫忙。」

「是嗎？辛苦妳了。那麼，請叫令郎進來一下好嗎？」

沒等多久，英一便走進房裡。他還是一如往常的冷靜表情。沒錯，他肯定是現在這個家中最鎮定的人了，連我哥哥雄太郎，神色都比他顯得亢奮。

對於桌上的物品，他表示一樣都沒見過，然後開始回答問題。

「我和母親一起在餐廳裡，在聽收音機。貓嗎？貓沒在餐廳裡呀，我很確定。」

「那麼，你沒聽到叫聲嗎？」

「完全沒聽見。人見護士臉色發青地跑來，說是聽到很像家永的叫聲，所以我立刻從前面繞了一圈到防空洞。我母親好像看到妖怪似地緊貼著我。」

「你看過家永護士使用錄音機嗎？」

「沒有。我跟她平時幾乎沒有交談。」
「這個家裡誰曾用過錄音機？」
「那種事我怎麼知道！」
一句冷冰冰的回答。砧警部補在手冊上寫下兩三個重點，一邊說：
「辛苦了。接下來請護士進來。」
不久，隨著敲門聲進來的是人見護士。警部補問了她的名字、本籍等資料後說：
「是妳聽到那個叫聲的吧？那時候妳在哪裡？」
「我在藥局。」
人見雖然也是一臉煞白，但以比較篤定的態度回答。
「妳在調製藥品嗎？」
「不，工作都已經做完了。我吃完晚飯之後，心想整理一下櫃子，所以又進去藥局。正把藥品和器具整理好時，卻突然聽到家永的慘叫。」
「妳說是家永，那聲音妳馬上就確定是誰？」
「是的。」
「什麼樣的聲音？」
「那話聲有些含糊，但聽起來好像是『救命』或是『來人啊』那種呼救的聲音。」
「時間知道嗎？」
「是六點二十三分。」

「眞仔細，爲什麼能記得那麼清楚？」

「因爲聽到慘叫聲時，我無意間看到藥局裡的時鐘。我不記得是幾點，只記得長針和短針看起來重疊了。重疊的話，應該是六點三十三分左右，但那個時鐘快了十分，所以是六點二十三分左右。」

「原來如此。被害者說要外出是在——」

「嗯，大約是聽到慘叫的二十到三十分鐘前吧。她穿著正式的襯衫過來，說她要出去一下。」

「對妳說嗎？」

「不是，對野田說的。我站在藥局門口，聽到兩人的對話。野田問她：『要去看電影嗎？』但她凶巴巴地回答：『我要去看什麼，用不著妳管。』但卻又想起什麼似的，換了個口氣說：『我要去買點東西，馬上就回來。如果醫生叫我的話，妳幫我找個理由。』說完就出去了。所以，我聽到慘叫聲時大吃一驚，差點跳起來。心裡還想，咦，她已經回來了嗎？」

「這些東西妳有印象嗎？」

砧警部補照例指著綠色的提包問。

「那是家永的。大約兩個月前買的，剛才出去時，她的確背著它出去。」

「手帕和其他的東西呢？」

「你說這裡的手帕嗎？也是家永的。粉餅、口紅都是。那刀子我沒見過——這鐵絲是什麼東西？」

「是我在問妳。這鐵絲妳有印象嗎？」

「一點也沒有。」

「我希望妳說說，聽到慘叫聲之後，做了什麼事。」

「聽到慘叫聲以後嗎？首先，我扶著野田到長椅上躺下。她眞的面無血色，剛才看起來就快昏過去了。還有，我想到得通知別人，所以跑到別院去，然後，把慘叫聲的事告訴人在餐廳的太太和英一先生。」

「妳之前就知道他們倆在那裡嗎？」

「不知道。不過，拉門後有燈光透出來，而且收音機也開著，所以我知道那裡有人。英一先生坐在桌旁，太太正在桌子上鋪桌巾。」

「然後兩個人有什麼反應？」

「他們很吃驚，也跑去外面了，往前門去。」

「接下來希望妳坦誠回答。家永那個女人在同輩之間怎麼樣？妳喜歡那個女人嗎？」

「我說不上太喜歡。她既囉嗦，又老愛擺架子。不過，她是我們三個人當中最資深的，腦筋也很靈活。」

「平坂的手術，據說她也在場——」

「是家永和野田進去幫忙的。野田還是見習生，一看到血就莫名恐慌，所以手術的時候總讓她站在一旁學習，不過幾乎沒幫什麼忙就是了。」

「妳聽到慘叫聲時，正在藥局裡，當時有沒有注意誰跑出外面？」

「誰也沒有出去。我站在向南的窗邊，如果有人通過的話，我一定馬上就發現了。」

「好的。那麼，請跟野田護士說，要她進來一下。」

「野田不行的啦。」

人見搖搖頭。

「她出現腦貧血現象，現在正在護士室裡躺著呢。」

「那麼，請她晚點再來。其他還有誰在？桑田百合——太太的外甥女吧，叫她進來。」

百合彷彿走上盛大舞台的女主角，故作姿態地用腳尖踩著步子，緩步走了進來。她以僅次於英一的鎮定態度回答，自己沒有聽到慘叫。她正在後門附近，幫表妹幸子做松針項練。

「那麼，妳是何時知道這件事的？」

「六點半左右吧。我家女傭香代從廚房的窗口伸出頭說：『百合，有人來說家永小姐好像發生什麼事。她不會被殺了吧？』又過了五分鐘，姑姑過來告訴我，發生殺人案了。」

「之後妳又做了什麼？」

「什麼也沒做，我還是蹲在樹下揀松針。因爲家永小姐跟我一點關係都沒有。」

「妳在後面的時間，有沒有看到有人從後門出去？」

「沒有。在警察進來，開始在我家進進出出之前，我一直在那裡，但連一隻小貓也沒經過。」

「說到貓，妳們家裡的貓那時候在哪裡？」

「我不知道。我進房的時候，牠在廚房洗臉。」

「小姐說，妳在後面的期間，並沒有人從後門出去，還有別人能證明妳的說法嗎？」

「有。木炭店的少老闆在後門邊劈炭。」

「好，把木炭店的少老闆叫來。」

不久之後，一個二十五、六歲、牛仔褲前綁著圍裙的男子來了。這個人我見過，是附近木炭店的少老闆。

「是。我是在六點十分左右，送一袋這家人訂的廚房用木炭過來。今天店裡的夥計休假，人手不夠，所以送得有點晚。後來我就一直在後門旁邊劈木炭。他們家訂貨的時候，一向都是這麼做的。後來，我聽到主屋那邊鬧哄哄的，護士過來說出事了。啊？後門那邊絕對沒有人出去。因爲大小姐和小小姐都在，而且沒一會兒，警察大人們就把後面團團圍住了。可以讓我回去了嗎？」

警部補叫來刑警，帶少老闆從後門出去。此一同時，另一名年輕刑警走進來低聲報告。

「錄音機拿來了。現在在取指紋，馬上就送過來。租車行、當鋪和恆春堂的人都來了——」

「讓他們看看屍體，確定一下跟帶錄音機的女子是不是同一個人。態度客氣一點哦，我也馬上就過去。」

接待室中，接下來輪到女傭香代進來。香代的證詞了無新意，警官的訊問也似乎不太有勁。

「妳有沒有看過錄音機這種東西？」

警部補附帶似地問道。

「那是什麼東西？」

香代睜著大眼回問。

「是可以錄下聲音的機器。一般來說，大約是這麼大的四角形，很像一個皮包，上面還附著提帶。」

他在解釋的時候，剛才的年輕刑警提著錄音機進來。

「恆春堂和當鋪都證實是那個女子，可是租車行的夥計說他不確定。」

他邊說邊把錄音機放在桌上。就一般錄音機來說，那台機器顯得略小，約爲三十公分乘二十公分大，紅褐色的盒子。

「就是這個嗎？您剛才說錄什麼的？」香代像看到珍稀寶物一樣，盯著錄音機猛瞧。

「這種的我是沒有看過啦——」

「難不成妳還看過別種的啊？」

警部補心不在焉地隨口問道，但香代安靜地點點頭。

「是的。它不是這種顏色，是藍色的，尺寸也比這個大一號。」

「妳說什麼？」

警部補從椅子上跳起來。

「所以妳見過這東西？在哪裡？」

「在英一少爺的房間。」見到對方凶巴巴的態度，香代囁囁嚅嚅地說。「英一少爺不知從哪裡拿來的，放在房間裡兩三天。我去打掃的時候，用雞毛撢子撢過。我以為那是什麼提包。」

「這是哪天到哪天的事？」

「那東西大約只放了一天，到四日的傍晚。英一少爺又把它放到別處去了。」

「再把那個叫英一的叫來。」

可憐的香代發現自己說的話引發的結果非同小可，帶著彷彿被打入地獄的慘淡神情退出去。

英一這次也像個大理石雕像一般，面無表情地走進房間。

「你之前有一台藍色盒子的錄音機？」

砧警部補怒目瞪視著他問。

「我不能說我有，因為那不是我的東西。」

英一爽直地回答。

「是不是你的東西我不管，但它有放在你的房間，對吧？」

警部補的火氣逐漸升高。

「有放過。我的朋友因爲有事，把它寄放在我這裡，放了兩三天。」

「爲什麼剛才你不說清楚？」

「我覺得它跟這個案子無關，沒有說的必要。」

「它跟案子有沒有關係，由我們來判斷。你把錄音機帶回家裡的事，家裡的人不知道嗎？」

「我爸爸可能知道，我拿回來的時候，他看到了。其他人應該不知道吧。因爲我不喜歡別人亂動我的房間，或是搬動我的東西。」

「總之，先把你那位朋友的地址姓名都寫在這裡。它跟案子有沒有關係，調查一下就知道了。」

英一恨恨地不發一語，照著吩咐寫下資料。他寫的每一筆劃都工整有力，絲毫不馬虎。

偵訊繼續進行，接下來叫進來的是恆春堂和當鋪的老闆，以及大洋駕駛俱樂部的十八歲服務員。但除了剛才刑警說的內容之外，沒有進一步的收穫。住院病人和他們的家屬都表示，他們在各自的病房內，什麼也不知道。只有桐野太太表明悲壯的決定，把星期日深夜聽到的事情說出來。但對哥哥和我而言，這已不是新鮮的話題。桐野太太雖然還聽到家永護士說了其他的話，但無論如何都想不起來，讓砧警部補相當失望。

可疑的錄音機雖然驗出家永護士和舊貨店老闆的指紋，但其他的指紋不是太淺，就是重疊，需要再花些時間研究，是否能成爲線索，現在還不知道。兩捲錄音帶已完全消音，幫不上任何忙，而家中和周圍的搜查，連一隻老鼠也搜不出來。

「這案子眞是令人討厭。」

「不但家裡從上到下大致都有不在場證明，竟還有人在地道釘釘子來搗亂——被害者既然是被刺殺的，幹嘛不透露凶手的姓或名，卻留下什麼貓啊貓的不明囈語！」

「對了，小雄，怎麼辦？還是要去停屍間看看嗎？」

老警部問道。砧警部補用粗手指撓撓頭，說：

「屍體嗎？好吧，明天帶平坂的太太和這裡的院長去認一下屍體好了。你們想來的話，就一起來。」

「沒用的啦。」老警部不太起勁地說道。「我已經問過詳情了。一個是喝醉酒溺死的工人，另一個是遭人撞車逃逸。不管哪個都有明確的證據，證明不是平坂。不過去看看也好。雄太郎，你跟你父親一個樣兒，沒有親眼看到是不會罷休的呀。」

七月九日　星期四

昨晚儘管睡得不太安穩，我還是一大早就醒了。哥哥已經起床，沉浸在思緒中。

「有靈感了嗎，哥？」

這就是我的「早安」。哥哥朝我投來憂鬱的眼神搖搖頭。

「完全沒有。家永護士爲什麼要去防空洞？凶手又是用什麼方法從後方刺殺她的？她在死前說的『貓』是什麼意思？」

「家永爲什麼到防空洞去，這一點我可以說明。」我扣上襯衫的釦子，一邊說。「兼彥院長接到峰岸老警部的電話時，她一定在哪裡聽到了。這通找哥哥的電話，提到錄音機云云，她聽到之後，突然感覺到身陷險境，於是她想到必須早一點通知共犯這個消息，而把他叫到防空洞去，討論如何善後。可是，在談話中，共犯察覺受到懷疑的只有家永護士一人，爲了保護自己，最快的方法就是殺了她。」

「悅子，照這麼說，妳認爲凶手是家裡的人囉？」

「這不是明擺在眼前了嗎？哥，你不這麼認爲嗎？前門、後門，甚至地道都沒人出去，就是不可能逃到外面去的嘛。前門沒有人出入這一點，我們是親眼看到的。後門的部分，就算百合的證詞未必能信，但木炭店少老闆跟此案毫無關係，他應該不會說謊。」

「不過，家裡的人全都有充足的不在場證明。百合和幸子、木炭店少老闆在一起，女傭在廚房，從防空洞到廚房，不論走哪條路都不可能掩人耳目。敏枝夫人和英一說他們一起在飯廳，我和悅子、兼彥院長、野田護士在候診室說話，而住院的病人與家屬都在二樓。沒有人上下樓梯。因為我們四個人就站在樓梯口說話呀。只有一個人的不在場證明是不成立的，那就是人見。但假設她是凶手的話，藥局的門開著沒鎖，這一點也有點奇怪。」

「人見護士怎麼沒有不在場證明？她不是在藥局裡嗎？我記得聽到慘叫聲時，她從藥局門口探出頭，說了一句『家永的聲音』之類的話。」

「妳別忘了，藥局裡可是有窗的哦。從窗子出去，走到防空洞，殺死家永護士，立刻再從窗子進來，並非不可能的事。家永護士被刺殺之後，掙扎地爬到防空洞口，或許需要一分到一分半鐘的時間。但是，我認為人見護士如果是凶手的話，她應該會關上藥局的門，這樣比較合理。門這麼開著，若是出現一個證人，說她在可疑的時間並不在藥局裡，就太危險了。她又不是傻瓜，這點用心不會沒有。但是我們回來之後，藥局的門一直是開著的。」

「這樣的話，就表示有人的不在場證明是假的。我不論如何都不相信這案子是外來的人幹的。」

「這一點我也有同感。只是，妳剛才說家永護士叫出共犯，在談話間凶手突下殺手，這個說法我不贊成。」

「爲什麼?那哥覺得，是凶手叫她出來的囉?」

「這一點我也不明白。不過，如果像妳剛才所說，凶手是突起殺意的話，會用塗了毒液的刀子嗎?」

「你說的也對。隨身帶著塗了眼鏡蛇毒的刀子到處走，還眞是前所未聞。所以，不管是誰把誰叫出來，兩人在防空洞見面時，對方就已經打算把家永護士殺了。」

「我也是這麼想的。所有被偵訊的人都回答，沒見過那把刀的印象，從這一點看來，刀子說不定本來就是準備做此用途的。」

「不過，凶手用的手段實在詭異，幹嘛要特地在刀刃上塗毒液——我有種感覺，這個案子的凶手會不會是女人?」

「女人?爲什麼?」

「因爲如果凶手是男性的話，殺死一個女人並不是那麼困難吧?趁其不備之際勒住脖子，或是對準要害給她一刀等——但是，如果凶手本身也是個弱女子，沒把握自己能一口氣殺了她，於是便想到在刀上塗毒的方法。這樣就算失準，沒刺中要害，只要讓她受傷，就能確實達到目的了呀。」

哥哥抿著嘴凝視著我的臉，然後握拳輕輕打在膝蓋上。

「眞精采呀，悅子。剛才的解釋太好了。就算沒刺中要害，只要受傷就能達到目的呀。如果是個對攻擊沒有把握的人，或許就會想出這種手段的。他不想把地道的釘子拔起來，也顯示凶手是個瘦弱的人吧。」

「地道的釘子？」

「就是妳惡作劇的那兩根釘子呀。那個蓋子本是釘不下去的，只是用兩根釘子插進去而已。如果像我這種體格，只要用點力氣往上拉，打開那個蓋子並非難事。事實上，如果我是凶手的話，就會把那地道蓋子打開後再逃走，爲了讓別人誤以爲我從那裡逃走呀。不過凶手沒這麼做，爲什麼呢？讓警察認爲『凶手是外來的人，利用地道逃走』，是個既簡單、又很有效率的方法，爲什麼凶手不打開地道蓋子呢？現在就我想到的所有可能來說一下。

「一、凶手不知道地道的存在。可是，這一點不合理。那個地道自桑田老夫人遇害之後，便已聲名大噪，家裡甚至附近鄰居應該沒有人不知道才對。

「二、凶手沒想到把蓋子打開。這一點對於犯罪計畫如此縝密的凶手來說，也是不可能的事。

「三、凶手沒想到地道的蓋子被釘上了，所以沒去動它。不過，也可能他想到警方會誤判凶手從地道逃走，所以沒有特別去檢查。

「四、凶手想把地道蓋子打開，但力氣太小打不開。

「五、凶手是外面來的人，爲了讓凶案看起來像是家裡人做的，故意不打開蓋子。」

「這種事有可能出現嗎？你說外人幹下的犯行。」我插進來說。

「先舉出所有的假設嘛。還有呢。

「六、凶手是家裡的人，但因爲某個原因不想打開蓋子。

「七、凶手自忖得快點逃走，所以沒時間調整地道的蓋子。

「事實上，他應該不會沒有時間，凶手有充分的時間押住家永護士，不讓她從洞口出來，等到她氣絕，再從容逃走。若是如此，人們一定會在家永護士遲遲未歸之後，才起疑並開始到處找人，最後才發現她已經死了。」

「那凶手爲什麼不這麼做呢？延遲發現對凶手最有利，不是嗎？」

「凶手恐怕並不知道家裡其實聽不到洞裡的慘叫聲。又或者在那個時候，他認爲雖然家裡的人都在後面，但萬一不湊巧有人經過防空洞，一定會聽到洞中的叫聲，從這層意義來說，凶手急著逃離現場也並非沒有道理。但是凶手到底是從哪個方向逃走的？他沒走玄關這邊，我們都可以確定，但如果從後門逃走，應該會遇到木炭店少老闆。如果是從雜物間旁的小門進去呢？可是別院除了家人之外，並沒有可疑人物躲藏，刑警的搜查可以確定這點。而且夫人與英一在飯廳，彼此都爲對方證明他們沒離開現場。那凶手跑到哪裡去了呢？」

哥哥皺起眉頭，兩手抱著頭，我沉吟了片刻才說：

「哥，我明白凶手想盡早離開現場的焦慮心情，可是從結果來說，他沒看到家永護士死亡就逃走，未免太危險了吧？」

「妳的意思是？」

「家永死的時候，不是叫了聲『貓、貓』嗎？如果那時候她沒有說貓，只要一句話供出凶手的名字，那案子豈不是馬上就破了嗎？」

「妳說的沒錯，現在最讓我煩惱的，就是她說的那句話。警方認為她最後的那句話，只是臨終前的囈語，因此不想把偵察重點放在上面。事實上，那句話虛浮無意義，警方應該會有更邏輯性的搜查方法。但是，我不願意把那句話當作一句囈語。她直到最後一刻都還想掩護凶手吧，還是——」

「還是什麼？」

「她眞的被貓所殺？」

「哥，你想糊塗了吧。你聽過貓會拿刀殺人嗎？」

「可是，家裡除了人見護士之外，只有小貓奇米沒有不在場證明啊。家永護士用最後一絲氣力指著洞口——還有防空洞的凹洞裡留下貓毛的事實，妳能說它只是囈語、只是巧合嗎？」

「哥，你是不是用腦過度啊？怎麼說話顚三倒四的。貓這種動物有一種習慣，牠會躲在空箱子或是抽屜等奇怪的地方。我想奇米也不例外。奇米一定是躲在防空洞牆壁的凹洞裡睡覺吧。牠多半是跟在家永、還是凶手後面進去的，然後趁兩個人談話之時，躲到凹洞裡睡起覺來。之後，家永發出驚駭的叫聲，凶手從洞口逃出去，奇米也嚇了一跳，便跟在凶手後面出去了。家永意識朦朧際，認出小貓的身影從眼前跑過，那個影子給她很強烈的印象吧。說不定她在無意識之間，想起平坂失蹤的事件也跟貓有關係，轉化為一種暗示。總之，她已經陷於異常狀態，把貓在洞內的事實與自己的被害連結在一起，認為這是個非常重大的事情，於是傾最後之力發出呼喊。」

哥哥沒有回答，臉上充滿幾近痛苦的緊張和焦躁之色。他凝視著自己的掌心，突然用力搖搖頭站起來。

「悅子。」

「做什麼？」

「幫個忙，我們兩個來演練一下吧。有關貓的解釋，悅子剛才說的說不定是正確的。但我腦中還是有千百個問號。妳說，凶手和家永在說話，對嗎？在交談的人怎麼從背後刺殺別人？」

「從背後？」

「對。被害者是右肩自後方被刺中。在隔間的木板和土牆之間的小空間——所以還是實地演練一遍最好。」

哥哥態度一變，滿臉嚴肅地在屋內踱步。

「聽我說，悅子，這裡是防空洞裡面，房間門是洞口的石階，右邊的書櫃就是放蠟燭的凹洞。那個凹洞是在離地一公尺高之處挖進去的，所以我們就拿書櫃第二格的架子來充當。悅子的毛線小熊就當作奇米。奇米躲進牆壁凹洞玩耍。石階與牆壁凹洞之間，有一塊隔板呈直角突出，所以我們在門與書櫃之間，立一張折疊椅作爲代替。當然，假設它的高度到達天花板。地板的這邊放一個蒲團，它就是地道的蓋子。這枝鉛筆就是那把刀——悅子是這樣把我——」

「你又來了，別玩了吧。」

「別這麼說嘛。妳的想像力對我來說非常重要。家永護士與共犯在防空洞見面談話。這會有以下三種狀況。第一，兩人一同前來，走進洞中的狀況。第二，被害者先來，等待加害者過來的狀況；以及第三，加害者先來，等待被害者的狀況。我們就先從兩人一同前來做起。」

我們走到門口處，然後朝房間中央走去。

「其實，石階非常狹窄，兩人是無法並肩下去的，不過這裡就不細究了。兩人走下防空洞內，然後我要站在哪裡比較好呢？被害者被刺的位置？」

「書櫃前面呀。凹洞前面的地上流了一灘血，而且刀子也掉在那裡。」

哥哥走到書櫃前，然後說：

「那我要朝哪邊？」

「這當然是在我的——等一下，哥哥一定得朝著書櫃呀。她是從背後被刺的嘛。」

哥哥轉身朝向書櫃，又說：

「所以我是背對著妳說話？」

「好奇怪哦。你還是必須向著我才對。可是這麼一來，我就不能刺到你的背後了。

——啊，對了。如果我說一句話，像是『那邊有貓』之類的，讓被害者轉過身去，再趁此空隙給她一刀呢？」

「就爲了看貓，整個身體向後轉嗎？她又沒有頸部僵硬症——」

「要不然，如果是家永護士因爲生氣或鬧彆扭，而轉向後面呢？」

「這些推測都不太理想，不過先略過去吧。下一個是被害者先進入洞內，等待對方現身的狀況。悅子，妳把妳想到的畫面說出來，我照著妳說的做。」

「一開始，哥哥面對著凹洞，伸出手跟奇米玩，在對方來之前打發時間。」

「像這樣嗎？」

哥哥面向書櫃，用手摸著毛線小熊。

「於是我走近，冷不防給你一刀。」

「等一下，我一直在等著妳出現哦。聽到悅子的腳步聲，而妳本人也到了，我還繼續背向妳和小貓玩嗎？」

「要不然，我沒發出腳步聲，悄悄走進來呢？」

我一邊說，一邊踮起腳尖，走到門的位置。不知不覺間，我也認眞起來了。哥哥玩著小熊，一邊說：

「好了，妳過來看看。」

「我掩住腳步聲走下石階，我們中間有一道隔板，所以從哥哥的位置，應該看不到我下來的身影。我從隔板後面，窺探哥哥的狀態，然後——」我突然伸長手臂，用鉛筆插向哥哥的肩。「你看！這不就從背後突襲了嗎？」

「悅子，妳現在刺的是我哪一邊的肩膀？」

我啞口無言，因爲我刺的是左邊肩膀。

「這也不行啦。左肩還刺得中，右肩的話我的手到不了呀——接下來，換我先進防空洞。」

我們交換位置。我握著鉛筆站在書櫃前，哥哥走到門的位置後，就筆直往前走。就在他走下樓梯的時候，我想到可以從隔板後面現身。哥哥一走來，我便往前一跳，伸出鉛筆。但是，我的手停在半空中。

「不對。還是得刺向左肩，否則刺不到。」

當下，我大感沮喪，不過下一秒鐘，我拍手大叫起來。

「哥哥，我明白了，我們剛才演練的都是剛進防空洞的狀態，但她也有可能是在說完話出去時才被刺的。怎麼樣？一定是的。」

「我們做做看。」

哥哥並沒有感染到我的興奮，而是用平靜的、毋寧說是無所謂的聲音說話。我們走到房間中央，並肩而站。

「好了，我們說完話了，要走出防空洞。哥哥先走。」

哥哥背對我，舉步往門的方向。我追在後面，用鉛筆往他的右肩一刺。

「成功了！」我帶著勝利的口吻叫道。「我刺中啦，而且是從後面刺到右肩。」

「可是，血跡是從哪裡開始的？」

我頓住了。太沉浸其中竟然讓我忘了最重要的條件，那就是「家永護士是在凹洞前被刺中的」。

「哥，我投降。想不出來了。」

我哀告著，一屁股坐在地板的蒲團——若以小道具的功能來說，它應該是地道的蓋子——上。

「別那麼沮喪嘛。」哥哥安慰我說。「即使沒有成果，我們也了解了不少事情。」

「了解的全都是不可能的狀況。」

「沒錯。但是，了解不可能的狀況，就意味著可能狀況的範圍縮小了。不是這樣嗎？」

哥哥說話時，外面傳來敲門聲。哥哥打開門。

「大清早來打擾你們，眞是抱歉。不過有點事想跟你們商量一下。」

兼彥院長似乎是彎著高瘦的背，從門口伸頭進來說。我們大爲慌亂，忙著收拾還沒折起的棉被。

「不爲別的，就是敬二的事情。我把他的住址跟警察說了，不知道好不好。」

兼彥院長在我們招呼的椅子上，無力地坐下。他滿臉疲憊，宛如一個晚上便添了許多白髮。

「砧警部補一直追問我敬二的下落，我認爲不必要的隱瞞反而不好，但是先前我一直說不知道，所以立場上有點不好意思。現在才提起他的下落，對方一定會問我，是從哪裡聽來的。到時候如果提起你的名字，會不會給你造成麻煩？」

「如果您是擔心我，那您放心好了，請儘管說。」

哥哥很爽快地回答後，微側著頭補了一句。

「但如果您還有其他不想說的理由，那就另當別論。」

「不，我沒有任何理由。敬二與這次的事件完全沒有關係，這點我敢保證。那小子有點不太正經，所以警察一時或許會追查到他身上去。但我岳母去世，還有這次的事件，他完全都不在家，所以應該沒有問題。如果你們覺得沒問題，待會兒去驗屍的時候，我就對警部補說明。不過他可能會找你過去，問你怎麼知道的。」

「沒關係。把話說清楚，才不會受到無謂的懷疑，反而是個上策。昨天因爲發生了一堆事，我還沒向您報告。我已經再次去敬二君的住處了。」

哥哥報告昨天見面經過後，又說：

「對了，英一君錄音機的事怎麼樣了？院長，您知道英一君曾帶一台錄音機回來吧？」

「我知道，英一眞是的，又給自己惹麻煩了——」

「那麼，關於錄音機的事情，有沒有什麼進展？」

「沒有，錄音機的部分，刑警去英一朋友家調查的結果，確定自上星期六英一拿去還之後，就沒再碰過那機器，一直放在那人的家裡。不過倒是出現了另一條不相干的線索，叫人有些頭痛。」

「什麼線索？」

「據說，平坂的太太竟然是英一高中時代的同學。警方在調查平坂太太的身家時，意外發現了這個事實。今天稍早警方還跑來問我。」

「院長在此之前，一直不知道這件事嗎？」

「連想都沒想到。」

兼彥院長一邊說，一邊連連搖頭。

「第一，我完全沒料到那位夫人只有二十一、二歲。我一直以爲她肯定已經近三十歲了。但是，聽了刑警這麼說之後，我便去問敏枝。她也說她不知道。問了英一，他只回了一句『沒錯』，就再也問不出什麼了。無計可施之下，只好去翻英一的畢業紀念冊，終於才確定了這件事，回覆警方。警方好像懷疑英一和那位夫人之間有什麼關係，但英一完全否認，他說除了同窗之誼外，什麼關係都沒有。」

「院長和夫人怎麼想呢？」

「你說英一嗎？他是我兒子，我當然不會認爲他是殺人案的凶手。可是……」兼彥院長說到一半，便苦澀地頓住了。「不過，我們也無法說絕對不可能，這讓我們感到無盡的憂慮。說起來，英一這孩子在想些什麼，我們做父母的完全摸不著方向。從高中時期開始，他就對學校或同學的事隻字不提，所以他與平坂夫人同窗的事，我們也是今天才驚訝地知道。大學考試落榜一次之後，他更不願意對我們敞開心房，讓我和太太傷透了腦筋，他麻煩的地方跟敬二完全不同就是了。就我來看，英一殺人的可能性微乎其微，但就算我想幫他向警察辯解，也沒有拿得出來的有力證據。」

「但是，只要抓到眞正的凶手，問題就能解決了。院長這些天來有沒有留意到什麼線索呢？」

兼彥院長考慮了半天才開口：

「說起來也不算什麼線索，但有件事不太尋常。雖然我不認爲她會是凶手。」

「怎麼回事呢？」

「平坂先生手術結束那天，我叫人見護士到二號房全天候看護。他的手術只是簡單的盲腸炎，術後結果也相當好，但一號房和二號房是一等病房，如果病人提出要求，一向都會請護士去看護的，所以我叫人見去照顧平坂。可是，不知道爲什麼，她卻拒絕了。」

「拒絕當平坂的看護嗎？」

「是的。我問她理由，她怎麼也不肯說。後來，因爲平坂夫婦主動辭退看護，事情才不了了之。如果有什麼奇怪之處，就只有這點了。」

「人見護士這個人，性格怎麼樣？」

「她是個俐落爽快的好女孩。雖然不該說死者的壞話，但家永說話凶巴巴的，病人對她的評價都不太好。人見便沒有這種問題。對於看護這件事，我也只是覺得奇怪，並沒有認爲她就是凶手。第一，人見如果有殺害平坂的意圖，她應該主動想去當看護才對。你不認爲嗎？」

「您說的是。換個話題，昨天峰岸警官打電話給我，是院長本人接的嗎？」

「是的，是我接的。」兼彥院長狐疑地眨了眨眼。「平常的話都是護士去接的，剛好我經過電話旁，電話鈴響了起來，所以我才接的。這有什麼問題嗎？」

「院長接電話的時候，有誰在附近嗎？」

「我想一想。好像沒有人哩。不對，野田在接待室裡打掃，那丫頭眞的很愛掃地。人見和家永兩位護士都沒見人影，或許在藥局裡。」

「此外，院長在講電話時，有提到任何其他人推測得到內容的話嗎？像是『找仁木君的話，現在不在。』或是『錄音機怎麼了？』？」

「可能有說吧——有什麼不可以說的嗎？」

「那倒是沒有。除了我和妹妹之外，院長有向誰透露電話的內容嗎？」

「請你不要妄加臆測。打來找你的電話，我怎麼會對別人說？我像是會做那種事的人嗎？」

兼彥院長臉色略顯惱意。

「我不是這個意思，眞對不起。」

哥哥誠心地道歉，但兼彥院長還是不太高興的樣子，微微點個頭就出去了。

「我想跟人見護士談談，但是，在那之前，我們先在屋子周圍繞繞。」

見兼彥院長離開後，哥哥馬上說。

「目的是什麼？」

「沒什麼特定的目的啦。如果我們絞盡腦汁，斷定凶手是家裡的人，結果卻在木板牆上發現一個可以出入的破洞，那不就白忙一場了嗎？」

「怎麼會嘛。」

我笑了，不過可以趁此機會呼吸一下清晨的空氣，也沒什麼損失，於是便隨哥哥一起出去。今天天空浮著淡淡的雲，看來應該不會是個大熱天。

走到後門的地方，女傭香代正在曬衣服。幸子抱著奇米站在一旁。

「幸子，昨天晚上尿床了吧？」

我出聲叫喚，幸子羞赧地點點頭。

「幸子沒有起來上廁所嗎？」哥哥笑著說。

「夜裡只要叫她起來一次，就不會尿床的。可能是因爲太太累壞了，一睡著便睡得很沉，所以忘了叫她，這樣就一定會尿床的。」

香代認眞地據實以告，幸子滿臉通紅，轉身跑回屋裡。

我們又往前走，走了約十步時，我突然想起一件事，不自覺地停下步伐。走在我前面的哥哥回頭問：

「怎麼了，悅子？」

「哥，半夜只要叫醒一次，幸子就不會尿床，但只要忘記叫她，就一定會尿床，剛才香代是這麼說的吧？」

我伸直了背——如果不伸直，搆不到哥哥的耳朵——悄聲地說。

「嗯，怎麼樣？」

「星期一早上，我拿戒指去給百合對吧？那天，我看到後院也晾著尿床的被子。」

「哦？」

哥哥只聽到這句便完全明白了，但那些話還是自然而然從我口裡傾瀉出來。

「星期一早上，不就是桑田老祖母失蹤的第二天清晨嗎？以敏枝夫人來說，她擔心母親的下落，怎麼可能睡得著呢？然而，她還是忘了叫醒幸子。這是怎麼一回事呀？」

「可能是有人讓她吃下安眠藥，或是因爲太擔心母親，所以不想管幸子會不會尿床，若不是這兩個原因，那就是半夜到哪裡去了——」

哥哥話只說到一半，其他的都嘟囔在嘴裡。

走進屋裡時，接待室的門開著，裡面有東西搬動的聲音。人見護士在調整椅子的位置，看來是在爲昨晚善後。

「妳去問問吧，悅子。」

哥哥推著我的肩，我走進接待室。

「早啊，人見小姐。昨晚辛苦妳了。野田小姐狀況如何？」

「還是病懨懨的呢。腦貧血不用太擔心，但應該受到很大的驚嚇吧。那孩子平常就膽子小。」

人見一邊回答，但手上卻沒停過。

「不過相比起來，妳就鎮定多了呢，眞堅強。」

「悅子，妳才是——家永小姐過世的時候，妳還在一旁看著呢。」

我沒回答，進而問道：

「人見小姐，我聽說妳拒絕當平坂先生的看護，是眞的嗎？」

人見這才第一次停下手，伸直腰。她眼睛直盯盯地看著我，點點頭。

「為什麼呢？妳討厭平坂先生嗎？」

「悅子，妳以為平坂是我殺的吧？還有家永也是——」

「我沒這麼想。」我平靜地否認。「如果妳真打算殺平坂，去當他的看護不是更方便？我只是想知道，平坂到底是怎樣的人。」

「那個人根本不是人。」人見用低沉卻激烈的口吻說。「就算那個人真的被殺了，我也一點都不會為他感到難過。」

「人見小姐，妳從以前就認識平坂嗎？」

她搖搖頭，然後有點欲言又止的樣子。好一會兒才開口說：

「我並不認識他，但聽過他的名字，也看過他的照片——那張照片，是我朋友給我看的，那時候我朋友非常幸福，她告訴我她快結婚了，所以把對方的照片給我看。」

「她要跟平坂結婚？那後來怎麼了？」

我心急地催她說。她話中的脈絡似乎隱然浮現。

「那個人沒跟我朋友結婚，因為出現了另一個女人。我朋友發了瘋，被送進精神病院，沒多久就死了。我那好友說她傻還真是傻，她雖然大我三歲，但性格老實得令人擔心，是個非常純真的人。連她的父母都大受打擊，但據說他們兩人當初只有口頭約定，所以也沒辦法告他。」

「那另一個女人就是清子夫人嗎？」

「才不是呢。我朋友發瘋去世是六、七年前的事。平坂這個男人不知騙了幾個女人，但正式結婚的只有清子夫人而已。」

「不過，清子夫人好像也不太幸福呢，總是愁眉苦臉的樣子。我猜她結婚前一定是個大美人。」

「我朋友也是個美人呀。雙眼皮，宛如京都的人偶。她去世的時候還有個小妹妹，現在已經十三歲了，跟姊姊長得一模一樣呢。看到她就令人傷心。」

「妳最近見過？朋友家裡的人？」

「她妹妹住院了，這段時間——因爲她家就在這附近。」

人見倏地閉上嘴不說話，好像發現自己說多了一般，慌張地開始整理另一邊。我明白再問也問不出來了，所以離開房間，哥哥已經回到二樓。

「悅子，這樣一來，砒霜的謎解開了。」

哥哥聽完我的報告後，咧開嘴笑道。

「那兩包毒藥，跟這個家發生的三起殺人事件，都沒有直接關係。」

「這麼說來，把平坂藥包裡的藥調換成砒霜的人——也就是我們方程式中的人物X，你已經知道是誰了？」

「悅子，妳忘記了嗎？星期日傍晚，清子夫人得知丈夫失蹤後，回到醫院來時，二號房有別人在——」

「工藤太太？但是，哥——那個時間，全醫院的人都知道平坂失蹤的消息了。明知平坂不在，還特地跑進來放毒藥，這太不合常理了吧？」

「工藤太太進去換藥，是在更早的時刻，並不是傍晚。恐怕是兩點到兩點半，平坂才剛走出二號房時。工藤太太見他前腳從房間出來，立刻後腳跟著進去二號房。她一定是發現平坂在同一家醫院之後，就準備好幾包砒霜，等待機會吧。平坂的藥袋裡還剩下兩包藥。工藤太太不知道他已經不吃藥了，所以把準備的砒霜與剩下的兩包藥對調後走出房間。幾個小時後，平坂失蹤的意外訊息傳到她的耳裡。她感到疑惑的同時，也擔心起自己做的事。第一，壞蛋平坂不見了，那麼下毒計畫就得中途叫停。她再次去二號房，想把砒霜取回。平坂藥袋裡的藥她還帶在身上，所以只要物歸原處就好了，但八成她把藥和剩下的砒霜都混在一起了吧。總之，她再次進入二號房，卻沒想到有人進來。她一慌張便把藥袋塞進就近的靠墊摺縫裡。不知道她是沒想到把藥袋放進口袋，還是裙子和襯衫都沒有可以放藥袋的口袋。開門的是清子夫人，工藤找了個衣服搞錯的藉口走出去。她一定是打算等有機會時，再去二號房把靠墊裡的藥袋拿回來。然而，清子夫人把二號房收拾好離開，幾乎同時，大野小姐又住了進來，仍然無法去把毒藥取回。她是個中年主婦，自然知道那個靠墊不是平坂家的，而是病房的用品。因此，藥袋一定還在二號房的那個靠墊裡。就因爲這樣，大野小姐一辦好出院，她又想進二號房了。但是，我們兩個那時進到二號房，正在大搜索。我不確定她有沒有發現我們，但她無可奈何之餘，只好就這樣出院了。」

「終於明白了。人見那位發瘋去世的朋友，就是工藤的女兒囉？」

「一定是這樣。我雖然已經大致想到了，但因爲想像不到工藤太太要殺平坂的動機爲何，所以沒什麼把握。一個可憐的女子發狂而死，平坂必須爲她的命運負起多少責任，這個問題我無法評論，但是在工藤太太的眼裡，他一定是個大卸八塊都嫌不夠的仇人。」

「工藤太太那邊怎麼辦？要去見見她，問清楚事情嗎？」

「我想沒有那個必要。我不覺得她知道什麼有用的情報。但是，等三個殺人案了結之後，應該會去工藤家，向她把事情問清楚吧。若不這麼做，她恐怕會日夜擔心著靠墊裡那兩包砒霜呢。我想找的倒不是工藤太太，而是另有其人。」

「誰啊？」

「百合呀。二號房窗口吊著那條領帶的原因，除了她之外，沒有人能說明了。」

「你是說，那條領帶是百合吊的嗎？」

「不是、不是，領帶是平坂自己吊的。工藤太太不可能去翻弄平坂的衣物，而且我也不覺得是清子太太吊的。」

「但是這和百合有什麼關係？」

「所以我才要去問她呀。百合今天有考試，跟警察報備之後，就出門到學校去了。我們去查驗屍體回來的時候，她應該也會回來吧。我們得趁人不注意把她攔住才行。」

平坂清子太太、兼彥院長、哥哥、我，還有砧警部補五人一起到達停屍間時，是接近上午十一點。警視廳的車子先開到箱崎醫院，載了兼彥院長、哥哥和我，轉往平坂家。那時候才剛過九點，但接下來的時間都在等待清子夫人的打點準備。砧警部補已經先一步到平坂家來接夫人。兼彥院長一看到警部補出現，略顯膽怯地回頭看看哥哥，見哥哥催促似地向他點點頭，才走到警部補身邊輕聲說了幾句。之後，兩人一起進入平坂家的接待室，五分鐘後，警部補又出來。

「仁木君，你來一下。」叫哥哥進去。

哥哥也消失在接待室門口。我知道是爲了敬二的事，所以沒放在心上。站在玄關門口時，平坂家的老管家提了夫人的高跟鞋出來。她看到我站在那兒，一臉驚愕的表情。她小聲地問我：

「大小姐，您也要去看屍體嗎？」

我回答「是的」。

「眞是太可怕了——太太剛才身體一直不太舒服。警察要她做的事實在太殘酷了，不知道我能不能代替太太去一趟。」

「應該是不行的，一定得本人去。」

「但是，我對老爺的長相和體格，也非常熟悉呀。我眞是無法忍受再看著清子小姐那麼心痛了。」

聽到她把夫人叫成清子小姐而非太太的瞬間，我有些訝異。但立刻我便發現，這位老管家就是清子夫人說過，從娘家少女時代就一直照顧她起居的人。說不定平坂與清子夫人結婚的始末，以及後來的夫妻生活，只有這個老管家最清楚。我盡可能平抑自己的口氣問道：

「平坂先生說不定是被人殺害的，這個說法妳可知道？」

「知道，警察大人跟太太說了，所以才要去看看身分不明的屍體吧。」

「沒錯，兩位才新婚沒多久呢，夫人眞是可憐。平坂先生一定很疼愛夫人吧。」

「啊，是——」

老管家含混地回答。我若無其事地繼續說：

「明明能住在這麼宏偉的大宅裡享福呢。雖然不論什麼時候看到太太，她都把自己打理得井井有條，但我明白平坂先生是多麼疼愛她的呀。她想要什麼，先生都會買給她吧？」

「住豪宅、買名牌，您覺得就是幸福嗎？」

她用再難壓抑的口氣說出這句話，但我還是裝傻。

「我當然沒這麼想。不管過得多麼豐衣足食，沒有愛情的婚姻，還是不會幸福的。但是，如果是眞心相愛的兩個人，住在這樣的豪宅的話——」

「我家太太根本一點也不愛老爺。」她終於全身顫抖起來。或許是多年來一直壓抑在心底的鬱恨爆發出來，她的聲音壓得很低，但手上提的鞋子卻不住地晃動。「但是，那不是太太的錯。老爺待太太的態度，比對狗還不如。可憐的清子小姐，她根本就不該跟那個奸惡之徒結婚的。明明還有其他更好的對象，一個眞心眞意愛著小姐的人。」

「眞的嗎？那麼，那些傳聞就不是空穴來風囉？」

「您說的是什麼傳聞？」

「有傳聞說，殺死平坂先生的是清子夫人。我以爲他們兩人眞心相愛，所以不論誰說什麼，我都不相信。」

她臉色大變，失聲叫了起來：

「不是清子小姐殺的。不論老爺再怎麼苦苦折磨，清子小姐也不會做出那種傷天害理——」

這時，走廊上響起腳步聲，是清子夫人。顧忌到要去的地方，她穿上深青色的洋裝，臉蛋和嘴唇都沒有上妝，這使得她的臉色更爲蒼白。接待室的三位男士也跟著出來了，兼彥院長的表情明顯緩和了些，而砧警部補對哥哥和兼彥院長的隱瞞未告，也沒有生氣的樣子。

我們一起坐進車內。

我們必須檢驗的屍體有兩具。

「星期日之後身分不明的橫死屍體，一共有三件，一件是狀似離家少女的跳海自殺。所以可疑的只有這兩具。因爲屍體已經毀損得很嚴重，夫人是否需要親眼辨認還請多考慮，如果有可以描述的確實特徵，請儘管說，我們來檢查。」

砧警部補說。我曾經冷漠地想像，一具具屍體都放在類似船艙臥鋪那樣的架子上。但現在看到的房間，卻是空蕩蕩的，讓人想起醫院的太平間。強烈的福馬林味道更令人覺得像到了醫院。兩具屍體分別用防水布罩著，放在台車上。一名瘦削的四十多歲男子站在一旁，他是負責解剖屍體的法醫。

「我還是要親眼看看。」清子夫人臉上浮現出強烈的決心。「說到特徵、身高和其他幾點，昨天都跟警察說過，沒有別的了，而且他的體態，我也沒辦法形容。」

「是嗎？當然，這樣對我們來說最好。那麼就有勞您來看一下。」

警部補使了個眼色，負責的警員將其中一具屍體臉上的布取下。我鼓起勇氣，從哥哥的後方探頭觀看。那是個剪了五分頭的頭顱，臉上好像被什麼擦撞到，布滿大大小小的傷，可能難以辨認他生前的容貌。從屍體半開的嘴唇裡，看見三顆褐色有缺角、類似蛀掉的門牙。

「您先生的牙齒怎麼樣？」

兼彥院長轉頭小聲地問清子夫人。她的聲音意外地沉穩，說：「他一顆蛀牙都沒有，從來沒去牙科看過病。」

「這具屍體的牙齒，在靠裡面的部位也有一顆蛀牙，是第一大臼齒，上面的。」

法醫指著自己的左頰說道。

「接著再看身體。」

在警部補的話音中，臉上的布重新蓋上，掀開身體上的布。屍體大約與平坂身高相似，肩部寬闊，體格結實。胸部和腹部已經過解剖，並且縫合起來。露出的皮膚上雖然有擦傷，但沒像臉那麼嚴重。只是兩手也是傷痕累累，與臉部不相上下，顯示他是穿著短袖的衣服。腰部以下的皮膚有條明確的分際，顏色泛白，但上半身有日曬痕跡，尤其讓屍體側躺時，可以看到從背部到頸部曬得很黑。

「這個人平常可能是打赤膊工作吧。」

清子夫人喃喃自語地說。

「看起來像是勞工階層的人，衣服都在這裡——這條手巾當時捲在頭上。」

「請問，皮膚有些莫名的腫脹，這是怎麼造成的？」哥哥提出問題。

「因爲被水浸過了。他是溺死的。」

「溺死的？」

「是，因此體格看起來或許多少有點變化。如何？可以判定他是平坂嗎？」

清子夫人和兼彥院長不約而同地搖搖頭。

「體形雖然很相似，但外子沒有蛀牙，而且他不曬太陽。到海水浴場去不用半天時間，皮膚就會曬得通紅，這一個月因爲身體違和，都躲在屋裡，所以應該更白一些。」

「可是，這個男子最近也做過下腹部手術，跟我幫平坂所做的很相似。」

兼彥院長側著頭觀察屍體的下腹部。那裡有條類似盲腸手術，縫合得相當完整的痕跡。

「平坂先生得的是什麼病？」

砧警部補爲求萬全地問道。

「是慢性闌尾炎——就是俗稱的盲腸炎。摘除了蚓突之後，照理說就能完全痊癒了

——」

「這個男子的蚓突很正常，盲腸裡有個潰瘍的地方已經摘除了。此外，他的胃裡有相當大量的酒精。臉和手的傷是被岩石和水底擦撞形成的，其他並無遭受暴力的跡象。當然，他並不是被殺害後丟到水中，很明確是溺死的。」

「這具屍體是七月六日星期一早上八點左右，在丸子玉川附近被發現，打撈上來的。死亡時間約在發現的五小時之前。那麼，我們看另一具。」砧警部補說。

第二具屍體比第一具死狀更慘。儘管如此，他的身體上一個擦傷也沒有，而是脖子以上糊成一片。

「這是怎麼回事？」

兼彥院長和哥哥都轉開臉不願看，反而是我和清子夫人比男士們鎮靜。

「好像是被車子輾過的關係。」警部補說。「他的身體部分都還完好，所以請你們鑑定一下，有沒有與平坂相符的地方？」

那具屍體身高與平坂正好相同，肌肉發達、體格結實，小腿、手腕和胸前都長了黑毛，但皮膚就男子來說非常光滑，而且白皙通透。

「如何？這具屍體。」

砧警部補催促地問道。

「皮膚的感覺與外子非常像，他的胸口也長了這種模樣的胸毛，但是我覺得應該不是。」

「那左肩的痣呢？」

「我沒印象那裡有沒有痣。」

「這個不對。他不是平坂先生。」

兼彥院長以斷定的口吻說。

「從哪裡知道的？」

「這還用解釋嗎？這具屍體沒有手術過的痕跡。這裡的兩具屍體，都不是平坂先生，不管今後平坂的屍體在什麼狀態下被發現，只要他下腹部有手術痕跡，我就能辨認得出。」

「誠如你所說的。我聽說，醫生就算忘了病人的臉，但一看到患部也會馬上想起那個人。」哥哥說。接著像是略略沉吟的樣子說：「現在這兩具屍體的狀態，雖然已經可以完全確定，沒有懷疑的必要，但在這種情形下，可以用血型、指紋來判定吧？第一具屍體的手都是傷痕，或許沒法子取下指紋，但是這具應該可以取得吧？」

「但關鍵是我們沒有平坂的指紋。我們沒法指認哪一個就是平坂勝也的指紋呀。」砧警部補懊恨地說。「我們從他家裡和醫院的二號房，盡可能地採了指紋，但是最後可以確認的都是夫人、箱崎院長和護士的指紋。另外，關於血型，平坂據說是純粹的O型，但這兩具屍體也都是O型。」

「可是，至少第二具屍體，你們也採了指紋吧？」哥哥不厭其煩地問。「這樣也還查不到他的身分嗎？」

「我說你啊，爲什麼對第二具屍體這麼在意？」

警部補臉上露出微微的不耐。

「我知道自己的疑慮沒什麼道理，不過他的臉毀壞得太嚴重，所以覺得有些不可思議。雖然說他是被車子輾過——」

「是啊，這具屍體也是星期一早上十點左右，在澀谷某個小公園後面被發現的。死亡時間也是凌晨兩點到四點之間，很有可能是三點到三點半左右。屍體穿著單衣和木屐，衣服和木屐都在這裡，太太有印象嗎？沒有？我想也是。他當然不是死後才被撞的，我看準是肇事逃逸。它和那一具屍體不同，好像並沒有喝醉酒的狀態——」

「撞死人逃逸會那麼剛好把臉輾過嗎？恐怕是又輾過一次，才會呈現面目全非的狀態吧？」

「你還眞是窮追不捨呀，年輕人。這具屍體已經可以確定不是平坂的屍體了，因爲沒有動過手術的痕跡。即使這樣，你還要堅持他是平坂嗎？」

「不，我並沒有說他就是平坂，我也完全接受他確實不是平坂的事實。但是我認爲它並不是單純的車禍逃逸——我只是認爲這後面還隱藏著什麼可疑的犯罪行爲。」

「你以爲自己是夏洛克．福爾摩斯呀。箱崎醫院的案子都還沒破，就打算接下一個案子啦？生意還眞是興隆哪。」

哥哥閉口不語。我們一起走出停屍間。來到戶外時，我不知不覺用力地深呼吸了一口氣。一回神，才發現其他人也都在吸氣吐氣，好像爲了排出積藏在肺葉深處的髒空氣，而打開了身體的幫浦。

早晨飄浮在空中的雲朵已經消散，夏日的陽光再度射得人抬不起頭來。

我們告別砧警部補，車子送清子夫人到平坂家後，又載我們回醫院。經過車站前的時候，哥哥突然說：

「抱歉，可否讓我在這裡下車？我想去買個東西。請送悅子回家就行了。」

但我還是跟著哥哥下車。兼彥院長也跟著說：

「如果只有我一個人的話，就不用送了，反正醫院就在前面。」

車子開走，兼彥院長轉彎往醫院走遠後，我才趕忙問哥哥。

「有什麼事嗎，哥？」

「剛才我看到百合從車站出來，正好有機會在她還沒回到家前攔到她——妳看，來了。」

百合提著學校書包，信步朝我們走來。哥哥毫不猶豫地迎上前去，對她說想找個地方跟她談談，只要十分鐘。百合的眼神滿是敵意，像是說「我沒有話跟你們說」，但最後她還是什麼也沒說地跟我們走了。既然她有某件事必須堵我們的嘴，就不能隨便躲開我們。

我們選了一家冷清咖啡館的一角坐下，哥哥很快地進入正題。

「百合，從昨天我就想問妳，除了戒指之外，妳還有什麼東西被偷走？」

「沒有啊，只有戒指。上次我不是說過了嗎？」

「妳是這麼說沒錯，但我不相信。能不能跟我說實話呢？百合，如果不釐清妳被偷走的東西，就無法說明妳祖母死亡的眞相。我這麼說，妳應該很清楚我的意思。」

「我被偷的就只有戒指，這件事你要我說幾次？你們把那只戒指還給我，這一點我眞的非常感謝。但總不能因爲這樣，你們就一直不斷地欺負我——」

「妳說我欺負妳？」哥哥冷靜地、但又帶著微微嘲諷的微笑說：「我知道是誰偷了妳的戒指，也知道是妳從前教他木刻盒子的開法，同時，妳自己從一開始就知道戒指的小偷是誰。我還知道妳故意掩護他的心意，甚至可以想像那個人從妳的箱子裡，除了戒指之外，還拿走相當金額的現款。我大略猜到那筆錢恐怕是戲劇社的錢，是你同學星期五時寄放在你這裡的。但是，我爲了遵守跟妳以及其他一兩個人的承諾，從來沒對別人提起剛才我說的話。『欺負』這兩個字又是從何而來?!」

哥哥在說話的時候，百合臉上的變化實在太戲劇化了。她的臉才剛脹紅卻又變得煞白，嘴唇似要開始顫抖，卻又用傲慢反抗的眼神，瞪著說話的哥哥。但最後她垂下眼眸低低地說：

「既然你已經知道得一清二楚，何必還來問我？」

「我所知道的事，從案子整體來看，只不過九牛中的一毛。就因爲這樣，所以我必須跟妳談談。如果妳堅決不肯告訴我的話，我只好去問杉山同學了，但如果這麼做，對妳也會造成困擾吧？」

「好，我說。」

百合露出不知該從何說起的樣子，但過了一會兒，她開口說話了。

「我們戲劇社的社員從一年前開始，就一直努力存錢。平時的零用錢就不用說了，我們還舉行義賣、賣花、請家人捐款等——我們學校說起來中產階級非常多，所以錢募集得很順利，到今年六月底已經募得兩萬七千圓。這筆錢是以戲劇社社長杉山——跟我同班的三年級生——的名義存在銀行裡的。我們打算在今年秋天校慶那一天大張旗鼓，演一場眞正的舞台劇。這可不是小孩玩的家家酒，所以服裝和道具差不多都要開始準備了，我們寫出需要的品項，也領出一萬五千圓打算支付。事實上，我們大致決定在四日星期六那天，一起去買用品的。但杉山因爲要參加親戚的婚禮，星期六必須請假，所以決定第二週再去買，星期六就只是討論會而已。星期五，我們在學校見面時，杉山把一萬五千圓交給我，要我幫她保管到星期一。她說因爲要結婚的堂姊一家人都會住進她家，人來人往的，自己也得出門幫忙跑腿，這筆錢放在家裡她不放心。我不作他想馬上就答應了，帶著錢回家，和戒指一起放在沒人打得開的木盒子裡。這件事除了我和杉山之外，沒有人知道。

「我星期六像平常那樣去學校，下午跟大家很開心地討論我們要演的戲，然後還念了一會兒書。回到家，想把流了汗的髒內衣脫下來換時，我不禁心頭一沉。放在內衣下面那個除毛霜的空罐子不見了。我有些不安，馬上打開木盒子，結果，錢和戒指盒也都不翼而飛。我馬上就知道這是誰幹的好事。我幾年前曾經教那個人木盒的開法，仁木哥已經知道了吧。那個人的名字——那個人對這種祕密盒子特別感興趣。

「但是知道是誰拿走了，並不能解決我的問題。我不知道表哥住在什麼地方，而且戲劇社的事我沒對家裡的人說，所以也不能向姑姑告狀。我得想個辦法在兩天之內籌出一萬五千塊錢才行——一想到這裡，我的頭都快裂了。若說我身上有什麼值錢的東西，就是母親給我的那只戒指而已。但是連那只戒指都沒了。

「我不知道該怎麼辦才好，所以晚飯也沒吃就去睡了。姑丈和姑姑對我寡情，根本不會在意我怎麼樣。但祖母會擔心我，她到我房裡問我發生什麼事。我把來龍去脈說了，祖母對我說，她會想辦法的，叫我別操心。但是就算祖母說會幫我想辦法，她根本沒有認識的人可以借錢。雖然平時她也給我零用錢，衣食也從來不缺，但她手上並沒有大筆的現金。祖母想了好一會兒，對我說她想把收在雜物間的舊茶壺賣了。祖母說，住在醫院二號房的平坂先生，聽說是個古藝術骨董商，她說去拜託他看看，於是開始寫信。」

「百合，那封信妳看過了嗎？」

直到這時，哥哥才第一次插話。百合點點頭。

「祖母把信給我看了。信裡沒說爲什麼要賣茶壺，只寫說如此這般的物品想賣一萬五千圓，款項用現金或支票支付，一手交錢一手交貨，希望馬上交易。交易的地點在防空洞，時間是星期日下午兩點，如果允諾要來的話，請在二號房的窗口掛上一件醒目的東西。還有，這封信的內容絕對不能讓別人知道云云，祖母用了很多難讀的字寫的。信封上只有收信人的名字，沒有留下祖母的。祖母不清楚平坂先生的名字，還悄悄地走到醫院二樓，看過門上的名牌才寫的。她星期六晚上九點左右，拿信出去寄，她說，第二天中午以前一定會寄到的。」

「原來如此。後來呢？」

「到了星期日早上，祖母在院子裡進進出出了好幾回，直到快中午，她才到我房裡說，二號房的窗口吊了一條領帶通知我們了。祖母說，那只壺平時拿去賣，可以賣得兩萬五千圓，所以開價一萬五，一定賣得掉的。她看起來好像很放心的樣子。兩點之前，祖母換上外出服，到我房間說：『現在要去雜物間拿茶壺，然後就去防空洞。』我因為頭痛，便一直躺在床上。但時間過得很慢，過了兩點半，過了三點，祖母還沒有回來。我開始擔心起來。肯定是防空洞的交易沒有成功，所以祖母抱著壺到哪個舊貨商那裡去了吧。我只能這樣自己安慰自己。但是，一到傍晚，卻傳出祖母和那個叫平坂的人一起失蹤的消息。我一時方寸大亂，整個晚上都沒睡。到了星期一早上，祖母還是沒回來，我急得幾乎快發瘋了。星期一我必須把錢交還給杉山，所以我打電話到學校，表示身體不舒服，想請一天假。但我一想到杉山放學後一定會來看我時，又更加坐立難安了。因為那筆錢是大家辛辛苦苦籌來的，現在有一半以上都消失不見了呀。我沒有父母也沒有兄妹，所以朋友的友誼就是我唯一的支柱。我沒法厚著臉皮對她說錢不見了。我想到一死了之。幾年前，因為製作昆蟲標本而買來的氰酸鉀，我想把它喝了算了。那時候，悅子小姐突然跑進來把戒指還給了我。我還以為在做夢呢。就算只有戒指找回來，錢的事就有著落了——我想到這一點，所以等悅子小姐離開，馬上換了衣服跑出門去。後來想想，那時候家裡靜得有點不對勁。原來是找到祖母的屍體，大家都跑去防空洞那邊了。但是我當時無暇顧及祖母，我走進學校旁的當鋪，讓他看我的戒指，請他借給我一萬五千圓。我擔心他們要看身分證明，嚇得全身發抖。可是店老闆一看到我的戒指，二話不說就把錢掏出來給我。我回到學校，趁課間休息時間，把錢還給杉山，對她說：『我身體不舒服所以請了假，但是又擔心這筆錢，所以還是來了。』沒多久，家裡來了電話，我才知道祖母已經死了，他們發現了屍體。」

「那麼，戒指就這麼當了？打算流當掉嗎？」

「沒有辦法。我根本沒有能力贖回。那時除了那麼做，我已經沒有別的方法了。」

「事到如今，也只有這樣。但那只戒指只當一萬五實在可惜。我朋友的父親是個寶石商，我會跟他談談，看怎麼幫妳吧。就算非賣掉不可，也該用適當的價格賣掉。還有最後一個問題。妳星期日晚上擔心了一夜沒睡，整個晚上妳有沒有聽見有人進出的聲響？」

百合可能是因爲該說的全都說了，心頭重擔一掃而空，所以露出從來沒見過的乖巧神情，思考了一會兒。

「這麼說來，我或許聽到有人輕手輕腳地走過走廊，但是我不太敢確定。因爲我滿腦子想的都是祖母會不會回來了，所以也有可能聽錯。」

「可能是吧。占用妳這麼久時間，非常謝謝。但是百合，如果妳更早一點告訴我實話，我就可以省掉很多工夫，妳也不用一個人煩惱了呀。」

「因為，我以為你認定偷錢的人就是殺死祖母的凶手嘛。我不知道是誰做出那麼殘忍的事，但不是那個人做的。絕對不是。」

百合說這句話時，臉頰染上了紅暈。

我們帶百合一起回家，只是進的玄關門不一樣。

「欸，是野田小姐，妳身體好點了嗎？」

我在候診室的椅子上坐下，剛好看見臉色發青的野田護士，便出聲叫她。她愣愣地抬起頭，彷彿第一次看到我和哥哥似的上下打量我們，然後才用毫無生氣的枯啞聲音悄聲說：

「才覺得終於好一點，但又不太舒服了。我好像快暈倒了。」

「妳不可以勉強自己下床的。躺著休息才會好呀。」

「不是的，我害怕呀。」

野田護士用兩手摀住臉。

「發生什麼事了嗎，野田小姐？」

哥哥霎時神色緊張起來。野田仍然摀著臉說：

「桐野太太差點被殺了，但還好保住了一命。」

「為什麼？什麼時候？」

「我呀，剛才覺得舒服一點，所以起床想要打掃一下，藉此轉移一下注意力。後來快到四點，我上二樓去量體溫，走到桐野的病房去。那時發現桐野躺在床上，正在大發脾氣。他說他媽媽換下被襟[1]拿到寢具室去，卻沒再回來，所以我便到寢具室去看看，但那裡一個人也沒有。我有點心裡發毛，無意間打開八號房的門，桐野太太她——」

「桐野太太她怎麼了？」

「她仰躺著倒在地上，而且，你們猜她身體上有什麼東西？」

「什麼？」

「是奇米呀。那隻小貓奇米蹲伏在太太的胸口上，瞪著藍藍的眼睛看著我呢！我嚇得頭也不回地衝下樓梯，而人見小姐就站在樓下抬頭看著我。我叫著：『桐野太太被殺了！』於是，人見小姐丟下一句：『快去通知院長和家裡。』便跑上二樓去了。我跑到別院去，然後大家都來了。大家都上了二樓，可是我一直待在這裡，因爲我頭昏得慌，連站都站不穩。」

「所以，桐野太太死了嗎？」

「好像救活了呢。剛才人見小姐出來取水，她說院長和英一爲她做了人工呼吸，現在已經有呼吸了。」

「我們去看看！悅子。」

我們很小心地不發出吵雜聲，但還是用跑的上了樓梯。五號房的房門半掩著，我看到人見護士、兼彥院長、敏枝夫人還有英一都在。單腳用繃帶包紮的大學生桐野，睜著驚懼的大眼坐在床上。剛好人見護士從房間出來，我們上前詢問狀況。

「她說是突然被人從背後勒住脖子。我看到的時候，她的脖子上纏著圍裙，倒在八號房裡。她自己也不知道是被誰下的毒手，但若是再晚一點就來不及了。」

「二樓那時候有誰在？」

「只有桐野家兩母子。這段期間，我們婉拒新病人入住，之前住的病人全都出院了。」

「家裡的人呢？」

哥哥放低了聲音，目光瞄了一眼五號房。

「我不清楚，但院長和太太在飯廳，好像在談今天去看的屍體。英一先生在自己的房間裡看書吧——對不起失陪了，我還有事。」

人見推開我們，逕自下樓去了。

「還有必要調查更仔細的不在場證明。不過，現在沒法做這件事，我們去八號房瞧瞧！」

八號房的房門開著沒鎖，我們在房間各個角落來回檢查，但沒找到任何看起來可疑的東西。只不過在入口處的地上落了一件捏得縐巴巴的圍裙，打結的地方有用牙齒咬裂的痕跡，還有一兩處像是被老鼠咬過的破洞。我的背上不知不覺間已經汗水淋漓，窗外的銀杏樹完全遮住了西斜的陽光，所以室內一點光線也沒有，但由於窗戶完全緊閉，悶

1 被子靠近臉的部分，日本人會罩一小塊毛巾，以便隨時替換。

熱不堪。若是平常的話，勤勞的野田護士一定會把每個房間的窗子打開，並且打掃得很乾淨吧，但今天早上她還在休息，所以沒人打掃，地板上已經積了薄薄一層灰。只有圍裙掉落的地板附近特別乾淨，應該是桐野太太暈倒，與人們進進出出造成的。

「什麼都沒有呢，哥。」

正欲跟哥哥說話時，我嚇了一跳。他杵在房間正中央，但目光卻似在百里之外。哥哥這種沉思忘我的行徑，今天並不是第一次，但他現在的眼光跟平常完全不同，那是一種帶著緊繃的陰森味道。我雖然不明所以，背脊卻感到一陣寒意，不禁捉住僵立不動的哥哥的手用力搖晃。

「哥，怎麼了？我們回房間去吧。」

一瞬間，哥哥清澄的褐色眼珠目不轉睛地盯著我瞧，然後在一個悲傷而迷惑的微笑中，他悄聲地說：

「我已經明白了。」

「明白了什麼？」

哥哥沒有回答。他默默地走出房間，回到我們的七號房後，拿了一張信紙，在上面寫了些什麼。他把信放進信封，貼好郵票站起來時，哥哥已經恢復成平常的他了。

我們走下樓梯，哥哥四周張望了一下說：

「我拿這封信去寄，回來之後會把所有的事說給妳聽。」

「所有的……什麼事？」

七月九日 星期四

「這五天之間三件殺人案的全部始末。我們到防空洞去說吧。防空洞沒有被封鎖，妳到入口處等我。」

哥哥的聲音低微，四周又沒有一個人影，儘管如此，哥哥的態度並不像平常那麼輕率。我不知道有誰會在哪裡聽見，但他幹嘛這麼故作神祕——第一，既要解開事件的謎團，何必一定要到那個不吉利的防空洞去？直接上二樓我們的房間說不就行了？

但是我不想表示反對，一種不祥氣息宛如不知名的風吹過體內，我現在的心情只想抓緊哥哥，不論他說什麼都行，我都會乖乖照著去做。

一個人站在防空洞的入口，家永護士死時的恐怖面容彷彿就在我眼前。我幾乎馬上就想轉身逃走。事實上，如果哥哥不是當我再也忍受不了的瞬間出現的話，我可能已經面色如鬼地跑回自己的房間去了。

哥哥朝著我一面微笑一面慢慢走來。然後，走近隔了網架不讓人進入的防空洞口，對著左邊的柱子細細端詳。

「這裡釘了一根釘子，果然如我所料。」

「你說什麼？」

「刺死家永護士的，果然是奇米。」

「這太荒唐了吧。」

「今天早上我們把房間當成防空洞，模擬家永被刺時的狀況。但是我們犯了一個很大的錯誤。我們一直在思考她被刺時是面向牆壁的凹洞而立，但事實上她是背向凹洞站立的。」

「這是不可能的。她是背部被刺，如果她背向凹洞的話，加害者必須站在血滴落的位置和牆壁之間，但那麼小的地方，不可能站兩個人呀。」

「所以加害者是奇米呀。待在牆邊凹洞的奇米刺中了她的肩。防空洞裡除了她和奇米之外，並沒有其他人在——但是，我們按著順序來說吧。從平坂遇害事件說起。」

「我們雖然一直堅持平坂是被人殺害的，但他是眞的死了嗎？我還是有些懷疑。」

「今天妳不是已經親眼看到他的屍體了？」

「屍體？你是說那兩具屍體中有一具是平坂囉？哪一具？」

「第一具。」

「可是那具屍體有日曬的痕跡哦。我在平坂失蹤之前有看見他，他應該更白一點。」

「但是清子夫人不也說了嗎？『外子只要去海水浴場半天，就會曬得通紅。』只要用強烈紫外線進行人工照射，未必不能讓他曬成那樣。妳懂了嗎？人工的紫外線。」

「啊。」我想到了。「太陽燈？」

「對了。箱崎醫院的診療室裡有個很大的太陽燈。此外它與手術室之間有門相通，凶手把太陽燈移到門口，將紫外線照在手術室裡的平坂身上。」

「但是在屍體上照射紫外線，會形成那種曬傷嗎？」

「那不是屍體。平坂那時候還活著。解剖醫生不是說了嗎，『他並不是被殺之後丟進水裡的』。平坂是在失去意識下被丟進河中的。」

「這麼駭人的事，是誰幹的？」

「是兼彥院長。」

就在哥哥說出答案的當兒，我聽到背後有個微微的聲響，像是風掃過樹葉，若有似無的聲音。但我絕對沒聽錯。微微隆起的防空洞土堆陰影中，的確有個人躲在那裡。我全身打起冷顫。我們被盯上了，恐怕還是把塗了劇毒的刀子。

哥哥霎時伸出手臂，像要蔽護我似的攬住我的肩。然後用依然平靜的聲音繼續說：

「我剛才已把這個案子的眞相寫成一封信，寄去給朋友了。他應該會永久保守這個祕密，但萬一我們兄妹遇到什麼不測，他會立刻將這封信交給警察。對了，我們剛才說到哪兒了？」

「你說凶手是兼彥院長呀。哥，我們去看屍體的時候，你就猜到了嗎？」

「沒有，那時候我還什麼都不明白。我是在桐野太太遇襲的八號房裡調查時，才領悟到凶手是誰的。悅子，妳還記得吧？一開始他們是要把八號房租給我們的，但搬來的時候卻又改成隔壁的七號房。兼彥院長說，八號房特別西曬，夏天熱得受不了，所以我才知道八號房的西側有窗。我本以爲兼彥院長只是因爲親切，才爲我們如此設想，所以至今從未懷疑過。但是，剛才到八號房一看，便知道那個房間根本沒有西曬的問題。這個防空洞旁邊種了四棵銀杏樹，在它們的遮擋下，那個房間恐怕到日落都曬不到一點陽光。那麼，既然如此，爲何要我們換房間呢？我只能想到一個理由，而這唯一的理由，就是不動如山的鐵證。這是因爲防空洞就在八號房的正下方。若要利用地道或防空洞做什麼勾當時，八號房裡有人是非常危險的。但若是七號房的話，就無法從窗口看到防空洞。

「我留意到這個事實時，便再無疑慮地確定，凶手就是兼彥院長。一旦凶手確定之後，這幾天來許多難解的謎便豁然開朗。就像土產店賣的木頭拼組玩具，只要抽掉關鍵的那塊木頭，全體就會搖搖欲墜，自然而然地崩解了。那麼，我就從最前頭開始說明吧。兼彥院長因爲某個原因想要殺了平坂，而且他不只要殺了他，還必須把屍體處理掉。他和家永護士商量之後，開始這個犯罪計畫。爲處理屍體，必須讓平坂看起來像是失蹤。只是單純的失蹤會引來警察展開調查，爲了防止節外生枝，兼彥院長想出了一個妙計。他利用家永護士與平坂聲音相近的特質，製造了那個錄音圈套。只要平坂自己說他因商務出去旅行，誰也不會向警方提出搜索申請。兼彥一定是在不經意間發現了那個地道，他的計畫應該是找機會將平坂約到防空洞，然後將他殺害。沒想到這時候天外飛來一個機會，桑田老夫人爲了茶壺交易，而寫了一封信給平坂。家永護士半途攔截了那封信，拆開後將內容報告給兼彥院長知道。家永護士雖然聲稱對信的筆跡沒印象，但其實她說謊，她早就知道那是老夫人的字，因爲心感不安才打開的吧。

「兼彥院長立刻決定利用這個機會。桑田老夫人與平坂約在防空洞見面，或許有些太過湊巧，但仔細一想，並非沒有道理。這個家裡，若要說哪裡可以從事祕密行爲，防空洞可以說是不二之選。老夫人希望祕密進行交易的想法，在信中表露無遺。老夫人爲了避人耳目，直到出門前都還將茶壺放在雜物間裡，這也是不難想像的。於是兼彥院長把老夫人關在雜物間裡，將門上了鎖。」

「等一等，哥，那時候兼彥院長不是在診療室裡嗎？我去找貓回來的時候，他的確還在呀。」

「妳以爲診療室沒有窗子嗎？兼彥院長當然是爬窗出去的。他把老夫人鎖住後，就到防空洞，可能幫正好前去的平坂打了麻醉針還是什麼的，讓他失去意識後藏在地道裡。這樣第一階段的工作便已完成。然而，他萬萬沒想到桑田老夫人卻出現了。在兼彥院長的計畫中，老夫人應該被監禁在雜物間才對。事實是，那時候如果妳不是爲了找貓而過去，老夫人一定會被關在雜物間好幾個小時的。

「這不是妳的錯，所以妳也不用耿耿於懷。然而老夫人不幸地看到了兼彥所爲，所以兼彥除了將老夫人殺害別無他法。他將老夫人的屍體丟進地道時，一向細心的他卻沒發現在防空洞裡玩耍的小貓奇米，也鑽進地道裡去了。兼彥院長再次從窗口回到診療室，正好那時候太陽正大，一個病患也沒有。萬一若有病人上門就診的話，我想家永護士也會隨便找個藉口，讓他在外面等待吧。不久後，平坂的失蹤和老夫人不見引起大騷動。晚上八點左右，家永護士藉口去澡堂，打了僞裝電話進來，然後到車行租了一輛車，把它開到某個地方藏起來。而在醫院這邊，清子夫人回去之後，車禍受傷的大野小姐住進二號房。現在想起來，這件事確有古怪之處。二號房裡前一個病人還沒走遠，而且還有三號和八號兩間房空著呀。但是兼彥院長必須讓這兩間保持無人狀態，原因就如我剛才所說。

「家裡的人不久之後都上床就寢了。那天晚上，人見和野田兩位護士都說她們異常熟睡，這應該是家永護士給兩人下了藥所致。敏枝夫人沒帶幸子起來上廁所，也是相同的原因。儘管夫人爲母親遲遲未歸而擔心不已，卻仍然沉睡不起，連睡在身旁的丈夫起身都沒有發覺。

「兼彥和家永兩人將失去意識的平坂抬到手術室，將頭髮剪短，胸毛或剃或燒掉，再用強酸腐蝕牙齒做成蛀齒。桐野太太聽到含糊的聲音說『這裡的一支……』指的是平坂的牙齒。兩人忙於這些作業，還不忘用太陽燈照射平坂的身體。我想他們都穿著白衣、手和臉都用防曬霜塗過吧。兩人幫平坂換上工人的服裝，灌進含酒精的飲料，之後兼彥再從地道出去，把預備好的車子開到坡下來。從種種跡象看來，車子應該就藏在坡道附近。悅子妳可能不知道，那條坡下的路往右走百來公尺，就有個附帶車庫的漂亮洋房。門牌上的名字像是美國人，但可能全家出去避暑，大門緊閉。這些全都是我想像的，但我認爲家永會不會是撬開那家的門，借用了他們的空車庫呢？要把車子藏在不醒目的地方，沒有比那個車庫更適合的了。

「兼彥再次爬上坡回到醫院，然後把平坂從地道裡抬出來。勝福寺的住持耳朵重聽，就算把他吵醒，他也不會注意到有人從自家地板底下出入。兼彥上下坡時都放輕了腳步，但背著平坂時，卻因爲重量過重而發出皮鞋的聲響。吉川將軍聽到走下坡道的腳步聲，應該就是這個緣故。此外，經過地道後，衣服上應該沾滿泥巴，但兼彥八成在衣服外套上手術用的白衣，之後再交給家永護士，用醫院專用的洗衣機清洗吧。那個女人一天到晚在洗白制服，自然不會引人懷疑。

「兼彥把車子開到多摩川邊，用石頭劃傷平坂的臉和手，再丟入河中。茶壺、平坂穿的衣物、毛髮、家永護士扮男裝用的服飾、桑田老夫人的信，以及一干可疑的物品，全都包成一包沉進河裡了吧。

「之後，兼彥打算尋適當時機，向警方提出搜查請求，再讓他們發現地道。但因爲我們爲了找貓，發現了地道的存在，因此家永護士打第二通電話來時，有些亂了手腳。只不過事態還是如兼彥的意圖，朝著平坂成爲殺害老夫人嫌犯的方向發展。不過這時卻出現了一個意想不到的證人，那就是桐野太太。桐野太太在深夜聽到手術室裡傳出的一句話，使我們將懷疑轉向家永護士身上。」

「所以兼彥院長把家永殺了嗎？但那時候兼彥院長明明跟我們在一起的呀……」

「哎，妳聽下去嘛。我認爲，就算沒有桐野太太的證詞，家永護士遲早也是會被殺害的。她一定是想用她掌握的祕密，來勒索兼彥。而兼彥自己也早就在一開始，就把殺害她納入計畫中，只是桐野太太的證詞加快了這個計畫的實行。悅子，妳記得嗎？梨樹下那隻躺平的小黃貓？」

「我記得。那隻黃貓跟奇米差不多大。牠和殺人案有什麼關係呢？」

「有關係，但是我們先從家永護士死亡之謎說起，這樣比較容易說明。

「家永護士被刺時，洞裡除了她和奇米之外，沒有別人。她背對著牆上的凹洞，應該是在等待兼彥院長前來吧。那時，從隔板幽暗的一角，突然飛出一把細刀，刺中她的右肩。」

「刀子飛出來？這是什麼意思？」

「就是飛出來呀。那裡一定設了一個巧妙的機關。在我的想像中，很可能是把彈簧塞進一條金屬管裡，當壓條鬆開時，彈簧就把刀子射出來了。」

「可是，我們在她被刺之後，馬上就進到防空洞裡呀，那時並沒有找到類似管狀的東西。」

「那時候已經被取走了呀。管子安裝在面向防空洞入口的左邊柱子——也就是這根柱子裡面。可能是用鉚釘或什麼釘在柱子上固定，聽到家永護士慘叫而趕去時，兼彥院長早已把螺絲鬆開，把管子塞進褲袋裡了。」

「但是哪有那個工夫呢？哥哥和我都在他身邊呀。」

「兼彥不是到護士腳邊——換句話說，就是繞到洞口附近，問了一句莫名其妙的話：『誰要搬頭，誰要搬腳』嗎？在那種危急的情形下，這應該不是問題，因爲我已經抱住她的上半身了。兼彥問這番話，主要是他要把手別在後面，不讓我看見他在取下管子。從他醫術高明、多年來名聲不墜的事實看來，他絕不是一個不靈巧的人，而且妳我的注意力全都放在瀕死的家永身上了。」

「雖然那條管子可以隱藏，但擋壓彈簧的壓條，在刀子發射出去時一起迸飛出去，掉在家永護士的皮包旁。那就是我們看到的彎曲鉤子。那個彎曲成杓狀的地方，本來是放重石的，重石移開的時候，依據槓桿原理，彈簧的壓條就會鬆開了。」

「那麼，你說的那個重石是什麼呢？總不會是家永的皮包吧——而且重要的是，誰把那個重石移開了呢？」

「所以我剛才不是說了嗎？就是奇米呀。我不是說奇米把重石移開，而是奇米本身就是那塊重石呀。奇米躲在那個放蠟燭的凹洞中，壓在那個鉤子上面睡覺。洞裡很黑，奇米又是黑色的，所以家永並沒有注意到貓在那個地方睡覺。奇米醒來站起身的瞬間，那個鉤子彈飛出去，刀子就……」

「可是……可是……哥！」

「我知道妳要說什麼。妳想說貓怎麼會那麼碰巧在那時候醒來吧。悅子，妳忘了兼彥是個外科醫生嗎？他因應需要，可以讓病人睡著，並且在固定時間讓他醒來——讓貓睡足一定時間，對他來說應該不是什麼難事。只是遺憾的是，兼彥不是獸醫，奇米也不是病人，需要用多少麻醉劑才能讓貓睡足多少時間呢？為了確認這點，做實驗是最快的方法。但如果用奇米做實驗，貓的身體可能對藥出現慣性，所以他找來跟奇米一樣大小的貓來做實驗。其中一隻實驗對象還被我們撞見。

「悅子今天早上曾說，凶手是個女人吧。因為會用塗上劇毒的刀子，一定是對自己的攻擊力沒有信心——妳的推理有一半以上是正確的。在那種狀況下，的確很難掌握刀子正中要害的可能性。兼彥的機械圈套算是成功了。只是這裡有一點是他沒有料想到的，那就是地道出口被釘子插住的事。因此，他本來準備好凶手從地道逃走的說法，便失靈了。

「最後，是今天桐野太太的殺人未遂事件，兼彥害怕桐野太太想起當天的事，那對他來說將是致命一擊，所以決定殺她滅口，但結果卻越弄越糟。警察從今天的事件起，恐怕就會把懷疑的目光轉到他身上吧。因爲她聽到手術室的說話聲這件事，除了砧警部補、峰岸老警部、我和妳之外，只剩兼彥一個人知道。雖然別人也有可能偷聽，而且單憑這一件事並不能指證他就是凶手——」

哥哥後面的話，我幾乎都沒聽見。一股黑色的漩渦在我心底不停地打轉，而且那股漩渦中不時浮現小幸子的臉，然後又消失。

「哥，你打算把兼彥院長怎麼辦？去跟警察說嗎？」

「妳覺得該怎麼做才好，悅子？」

「不能告訴警察。如果把這宗罪行揭開的話，箱崎家就要崩潰了。太太一定會發瘋的，而且幸子一輩子都要過著抬不起頭的生活。」

「那麼，難道我們就這樣放過他？三件殺人案和一件殺人未遂案哦。」

「我不是要你同情兼彥院長，但是想到這一家人，我們去報警好像只會帶來更大的罪惡。哥，我說的有錯嗎？」

「妳的意思我都明白。我一開始便無意去報警，現在也是。但是就算我們選擇沉默，總有一天警察會發現的。種種蛛絲馬跡都會反映眞相的。」

「哥，最重要的部分你還沒跟我說呢。兼彥院長爲什麼要殺了平坂呢？他的動機何在？」

「這一點，悅子妳自己想想吧。因爲我所知道的事實，已經一字不漏地告訴妳了。不過，我可以給妳一個提示。聽好哦。我們第一次來到這裡，是六月二十七日星期六，也是平坂住進醫院的日子。那一天，兼彥院長本來打算把看得見防空洞的八號房租給我們。但是，七月四日我們搬來時，他卻變卦了，改成七號房。這一星期當中發生了什麼事？」

哥哥說到這裡時，外面傳來喧鬧的聲音。我們反彈一般朝發出聲音的方向跑去。四周已被夜色所包圍，大門也點了燈。從門口跑進來的，是熟悉的木炭行少老闆。

「啊，護士小姐。」少老闆激動地抓著野田小姐，說話又快又急。「您家醫生被車子撞了呢。他沒注意電車就想穿過平交道哪。現在就要送回來了，趕快去跟家裡的人通報一聲吧。」

我大吃一驚，抬頭看著哥哥的側臉。哥哥不發一語，只是注視著前方。

人們就像電影一樣快速地在我眼前來來去去。突然間喧嘩聲接近，一塊門板被抬了進來。人們的身影間，我看到一個鮮血淋漓的男子頭部。我的膝頭不斷喀答喀答地打顫，如果不抓住身邊的柱子，就要站不住了。雖然在此之前我看過那麼多具屍體時從來沒發過抖。

兼彥院長被送進手術室，英一和兩名護士一起進去，關上了門。留在外面的敏枝夫人，被送她丈夫回來的街坊鄰居圍著，嗚咽地說著同一句話。

「他剛剛才出門的，說是有一件東西非交給警方不可，要去派出所一趟，然後要去葬儀社安排事情——一定是最近壞事連連，他的神經太疲勞了呀。」

手術室的門開了一道縫，露出英一死白又可怕的臉。他向母親招招手，說了一兩句話，然後擁著她進去。即使我們站在稍遠處，也明白那代表著什麼意義。我踮起腳尖輕聲說：

「哥，我們做的事是對的嗎？」

「沒有什麼對或錯，只有兼彥院長自己能決定他要怎麼了結，我們在旁邊沒有其他路可走。」

「那麼，剛才那些話的目的是說給院長聽的囉？」

「如果要說給妳聽，我們何必到防空洞去？當我說要告訴妳事件的眞相時，他就躲在樓梯的暗處呢。」

「他聽到我們說的話，難道沒想過把我們殺了嗎？」

「當然想過啦。所以我準備了這個。」

哥哥從褲袋裡拿出一樣東西。那是他剛才說要去郵筒寄出的白色信封。我瞪大了眼睛。

「你沒寄出去呀？」

「我打一開始就沒寫這封信。我是隨便亂寫的。」

別院那邊的門大聲地打開，幸子搖搖晃晃地跑進來。她似乎正被哄著睡覺，身上穿著花睡衣，紅色的天鵝絨拖鞋掉了一隻。

七月九日 星期四

「媽媽、媽媽！」

她張著恐懼的大眼四處張望呼叫。哥哥從後面抱起她，對她說：

「幸子，我們帶妳去看星星，好不好？」

拖鞋突地鬆脫了。她掙扎了一會兒，便乖乖地躺在哥哥胸前，用疑問的眼神看著哥哥。

我們在夜裡的院子漫步了好久，直到她發出輕微的鼻息才回去。天琴座的織女星，一直靜靜地閃爍著。

尾聲

第二天中午，哥哥接到一封寫給他的信。來信者是個沒見過的名字，信封上的字像印刷體般一畫接一畫寫得很笨拙，但信裡卻完全不同，是一手漂亮的草體字。哥哥每讀完一張，便把信紙撕下來，放在我膝頭上。內容如下：

仁木君

作為一名殺人者，你應該可以稱得上是毀滅我的仇敵，對你留下這封信，或許是件奇怪的事。但是，在決心一死的現在，我有個衝動想找個人把事情的真相說清楚。而這個人除了你之外，沒有別人了。

坦白說，我非常恨你。如果你沒在我們家出現的話，我的計畫就能更順利地完成，這種遺憾的情緒不斷在心頭翻湧，但另一方面，我知道我必須感謝你，事實上，我真的很感謝你。你本應該去向警察報告的，卻沒有這麼做，而是利用令妹來警告我。或許這並不是出於對我的善意，而是對我那一無所知的妻子的憐憫之情，所採取的處置，對於這一點，我想要向你致謝。

我想你應該已感覺到我有非殺平坂不可的理由，簡單地說，我對他萌生殺意是在六月二十九日的下午。

那一天，我在家永、野田兩位護士的幫忙下，為他進行盲腸手術。我之前診斷出他的症狀是慢性闌尾炎，建議他進行手術，但是一開刀之後，我才愕然發現自己犯了一個可怕的錯誤。他的病並不是慢性闌尾炎，而是類似癌症的惡性腫瘤，而且因為我的誤診，他已惡化到藥石罔效的地步。就算做了手術摘去患部，百分之百在不久的將來也會再次發病，最後免不了一死。癌症這種病最重要的就是早期發現，由於初期缺乏自覺症狀，以致一早發現後大都無藥可救了。這方面，你應該也從非專業的解說報導上看過吧。

身為一個診斷精準、手術慎重素有好評的外科醫生，為什麼會犯下這種錯誤，我自己也不明白。只能說是我自己不走運，他的腫瘤位置在非常少見的地方。現在沒有時間作專業性的說明，如果能整理成一篇小論文，將來英一成為外科醫生的時候，不知會有多大的幫助。

總之，手術雖然結束，但我的困惑卻難以比擬。平坂若是知道自己身體的實情，會怎麼做呢？我誤診的消息會不會不脛而走？如果這個惡夢成真，我多年來汲汲營營建立的名聲，就毀於一旦了。不，不僅如此，他或許會採取更直接的手段——也就是奪走我的性命，與他在黃泉路上同行作為報復。你不知道平坂這個人，或許會笑我杞人憂天，但對深知他性格的人，這種恐懼絕非空穴來風。他是個非常偏執、充滿報復心，而且有實行力又聰明的人。

我找了家永護士來商量。野田還只是個見習生，什麼都沒有察覺到，但經驗豐富的家永，在手術中應已明白一切。面對額頭不斷冒出汗珠的我，家永那副似帶冷笑的眼神，直到今天我也無法忘記。她真是個如同毒蛇般的女人。我會利用毒蛇的毒來殺她，或許是因為這個聯想給了我靈感。

她要我幫她付四十萬嫁妝作為條件，承諾幫我的忙。她說，除非殺了平坂，我已別無他法。這個想法與我不謀而合。但是屍體一旦送去解剖，就會發現我的誤診，所以我必須想個法子，把屍體處理掉。

那是七月二日，平坂對妻子說：「覺得身體的狀況好像沒有好轉，看來這裡醫生說的話不太可靠，還是早點出院，到大醫院做進一步檢查吧。」家永偷聽到這話，跑來告訴我。或許這些話還包含了家永的加油添醋，但我知道他出院之後，早晚會去找別的醫生診斷。我漸漸認真地為殺人計畫做準備。從英一帶回來的錄音機，我想到偽裝電話的可能性。

後來的事就如同你的推理——鮮活得令人氣結。汽車藏匿的位置也被你料中。此外地道的部分，我當然知道那裡有地道的存在，是幾年前偶然發現的。而剛好那時候，我家敬二正在迷冒險小說，惹了幾個麻煩，為了不要遭人誤用為使壞的工具，我沒對任何人說。後來，幸子漸漸長大，擔心她玩捉迷藏時，萬一土石崩陷而有危險，因此地道就一直成為我一個人的祕密。不過敬二或許已經發現了。他就是那樣的一個孩子。

仁木君只從一隻小貓的線索就發現地道的存在，令我十分震驚。從那之後，只要一看到你的臉，我便感到忐忑不安。我不得不認為你一定遲早會發現真相，於是自己積極地告訴你訊息，努力轉移你的懷疑。找你商量英一和敬二的事，自然也是這個目的，但是你完全不為所惑。

殺死桑田岳母，並非我的本意。這一點我想你也明白。但是，對於家永，我卻早就有了謀殺計畫。

大約好幾個月以前，我這裡來了個生病的孩子。那個小男孩大約十歲，與朋友玩彈簧槍，被彈飛的釘子插進自己的手掌。看到釘子貫穿手掌，讓我非常驚訝，我還警告父母，千萬不可讓孩子玩這麼危險的玩具。但在我考慮殺死家永的方法時，我想到了這個彈簧槍。我去好幾家玩具店尋找，買到這種手槍。事實上，它的貫穿力已不是一般玩具。我將木製的槍拖拆下，只留下槍身和扳機的部分。去醫師會開會的歸途中，我在御茶水附近的雜貨店，找到一把正符合槍口大小的細刀，於是把它買回家。

昨天傍晚，我抱著小貓奇米，帶著設好機關的槍，趁沒人注意時走到防空洞。首先把彈簧槍安裝在防空洞入口的柱子上，扳機夾著鐵絲用橡皮圈綁緊，只要鐵絲鬆開的瞬間，就會引動扳機。接下來是貓。經過多次謹慎實驗的結果，我有信心可以讓奇米這樣的小貓，很準確地睡上三十到四十分鐘。只要準備一塊脫脂棉，浸在一點五毫升的哥羅芳裡，再壓在牠鼻子上即可。奇米大約花了兩分鐘便睡著了。防空洞裡已經暗得伸手不見五指，除非早已知道，否則不可能有人發現牆壁的凹洞睡著一隻黑貓。

洞內準備完畢後，我對家永說：「我有點事要跟妳說，到防空洞去等我。」家永不疑有他便過去了。此外，我很嚴正地對她說，若是被人看到會有不良影響，叫她一定要躲在那個凹洞的角落裡。她非常確實地照做了。就如你所知，從那個洞中往內部看去，只有那個角落是看不見的。

小貓醒來起身……的同時，刀子也飛了出去……那刀子會在轉瞬間插入她的身體，這點我十分有把握。那個角落空間很小，只能容一人站立，而且刀子上塗了劇毒，只要指尖那麼小的傷，就能達到目的了。刀刃上塗的眼鏡蛇毒，是我很久以前向人要來做研究材料的，只抽出了有毒成分，是一純粹、毒性極強的毒。

家永打扮成外出的樣子離開後，我正打算找其他護士隨便閒聊，製造不在場證明。但是，那時候有一通找你的電話，我只聽到錄音機幾個字，就知道你已經看穿偽裝電話的圈套了。我已經沒有退路，只能把唯一希望寄託在殺害家永的計畫上。後來你回來了，意外地你來找我談話，於是乎我的不在場證明便成立了。我不得不讚嘆自己的幸運。就算你料事如神，也不會想到站在你面前說話的我，就是凶手吧。

第三宗殺人案依計進行的狀況，就像你所知道的那樣。發射刀子的彈簧槍身，我今早已丟棄在勝福寺旁的垃圾場。昨夜刑警來我家裡搜索時，我把它藏在某個地方——這一點，神探如你可能也想像不到吧。老實說，我什麼地方也沒藏，就綁在那台放在玄關、幸子的三輪車貨架的後側。從上面看得一清二楚，但反而會令人誤以為是三輪車的一部分，所以無人放在心上。

沒殺死桐野太太，是我計畫中最大的失誤。我知道醫院二樓只剩桐野太太，和她不能走路的兒子兩人，所以與你們分別回來後，便悄悄走上二樓，趁隙將她勒住。但是，我突然嚇得四肢僵硬，因為走廊上傳來輕微的腳步聲。我心頭浮起「萬事休矣」的念頭時，從門縫走進來的並不是人，而是小貓奇米。我鬆了口氣，卻也全身虛脫了。再這麼耽擱下去，真的就會有人來了。一思及此，我立刻離開現場，早已失去查看她是否氣絕的鎮定。不久，我接到通報後跑上來，在英一和人見面前，我也沒辦法為她進行人工呼吸了。

仁木君，以上就是我全部的自白。我從診療室的窗子——就像四天前去防空洞襲擊平坂時一樣，從診療室窗子進來寫了這封信。但似乎用了相當多時間。

我想，你可能沒打算去舉發我，但這樣下去，不久後，警察發現真相，還是會以殺人罪嫌將我逮捕的。我無法忍受讓孩子們——尤其是幸子，一輩子承受殺人犯之子的汙名，只要我不在了，儘管他們懷疑，但這個謎永遠仍只能是個謎吧。

我相信你會做出最妥善的處置，所以才寫了這封信。事到如今，還能有你一人可以信賴，或許我真該感謝上天。也請向令妹致意。

箱崎兼彥上

致　仁木雄太郎

導讀

仁木悅子與《只有貓知道》

（編按：本文涉及小說情節。）

傅博

《只有貓知道》是江戶川亂步獎從終身榮譽獎改制爲長篇推理小說徵文獎後，首屆（即第三屆）得獎作品。這篇作品原來是前年應徵河出書房所舉辦之《探偵小說名作全集》公開徵文之得獎作品。但是未出版前河出書房倒閉，失去出版機會，評審委員之江戶川亂步，認爲是一部傑作，不出版很可惜，取得河出書房的同意，請作者重新應徵江戶川亂步獎。

一九五七年夏，《只有貓知道》獲獎的消息經由媒體報導後，書未出版就轟動讀書界。因爲作者是一位未滿三十歲的女性，四歲時患了嚴重的脊椎骨瘍，之後二十多年，一直不能走動，躺在病床，沒上過小學，幼時教育由二哥義光教授。原稿是在病床寫成等非尋常的環境，引起讀者的好奇心，本書出版後暢銷十多萬本，創下戰後推理小說暢銷書新紀錄。

《只有貓知道》的創作形式是承襲傳統本格推理小說，採取福爾摩斯與華生模式。作者在序章藉由幾個人的談話，把將要發生的殺人事件現場之箱崎醫院內部情況，以及登場人物，向讀者交待得很清楚。

在大學研究植物學的仁木雄太郎，與在大學學習音樂的仁木悅子兄妹，寄居在箱崎醫院二樓。殺人事件發生這天，悅子在尋找黑貓奇米時，在儲藏室內偶然發現被關在裡面的桑田老婦人，她卻吩咐悅子保密，不要說出去。

之後，入院患者古美術商平坂與桑田老婦人，相繼從呈密室狀態的醫院消失。到了晚上，平坂從外面打來電話，向接聽的悅子說，因生意繁忙，三個星期不回醫院。雄太郎與患者宮內技師探險庭院的防空洞，發現一條祕密通道，桑田老婦人被扼殺，陳屍在裡面。他們緊急報警。

雄太郎同時在防空洞的壁內找出一個金屬罐，裡面藏了一枚鑽石戒指。之後，桑田老婦人的高貴茶壺消失，其高中生的孫女桑田百合的自殺未遂等事件連續發生。平坂打來第二次電話後，第二殺人事件發生，被害者是家永護士。

醫院內的人際關係，原本很單純，患者爲了治病來醫院找醫生，患者本來互不相識，在這種環境下，連繫連續殺人事件的要件是什麼？是一件課題。仁木雄太郎如何推理？

本屆評審委員有五位。三位是偵探小說時期的推理大師，即江戶川亂步、大下宇陀兒、木木高太郎。他們都擔任過日本偵探作家俱樂部會長。其他兩位是評論家，荒正人與長沼弘毅。

他們對《只有貓知道》的評語是：

「《只有貓知道》是所謂的本格偵探小說，先把謎題一一提出來，然後，邏輯地推

理，去解開謎底型的作品。（中略）

與英美有很多優秀的女性推理作家相反，日本僅有一、兩位女性作家，這些作家幾乎沒有寫出富有論理性的本格偵探小說。仁木小姐帶來過去沒有女性作家嘗試過的東西。也許其大詭計沒有創新，但是其小詭計或小道具，具有女性的纖細創見。這一點使我們聯想到阿嘉莎．克莉絲蒂。文章也平易暢達，醫院內部的描寫很正確，讓我們驚嘆。（後略）」

由此，仁木悅子有「日本之克莉絲蒂」之稱。

《只有貓知道》於一九五七年十一月出版，這年正值二次大戰後，由橫溝正史領導的本格偵探小說已衰落到谷底的時候，又是松本清張爲首之社會派推理小說發軔之年。當年松本清張於二月開始在《旅》月刊連載《點與線》、四月十四日開始在《週刊讀賣》連載《眼之壁》。兩書於翌年二月同時出版，內容都是取材自社會問題、重視犯罪動機的寫實作品，與過去的浪漫情調的作風宛然不同。

寫實派之《只有貓知道》與社會派之《點與線》、《眼之壁》之出版，對推理文壇帶來很大衝擊。之後，推理作家一面倒地撰寫寫實主義的作品，浪漫主義偵探小說幾乎面臨滅亡。

由此可說，仁木悅子在日本推理文壇佔有很特殊地位。

仁木悅子：本名大井三重子，婚後改爲夫姓二日市。一九二八年三月七日出生，東京都人。四歲患脊椎骨瘍，七歲失去父親，十五歲再失去母親。一九五四年以大井三重子名義之童話〈白雲與黑雲〉，應徵《孩子俱樂部》徵文，獲獎。之後，陸續發表童話百餘篇。六一年出版處女童話集《星期三之Culuto》。

《只有貓知道》爲仁木悅子之推理小說處女作。其撰寫推理小說的動機是，受喜歡閱讀歐美推理小說的二姐之影響。據說，她躺在病床時，所閱讀的歐美推理小說每年不下一百冊。特別喜歡的作家爲艾勒里・昆恩與阿嘉莎・克莉絲蒂。

得獎翌五八年，進入國立身體障害中心住院兩年，前後動過七次大手術後，從躺在病床的生活改爲坐輪椅生活。六二年六月與在身體障害中心認識的二日市安（筆名後藤安彥，和歌詩人，歐美推理小說翻譯家）結婚。

一九八一年，以〈紅色貓〉獲得第三十四屆日本推理作家協會短篇部門獎。

一九八六年十一月二十三日，因腎不全而逝世，得年五十八歲。三十年的創作生涯，其作品不算多。長篇推理十一部、中篇二篇、短篇九十七篇、少年推理長篇一部（童話、隨筆等不計）。

通覽仁木作品，其原點在於《只有貓知道》。其作品特徵是文章平易暢達，寫實，不像過去的偵探小說刻意製造怪異、恐怖氣氛。內容都取材自現實社會，一般家庭內的悲劇爲多，而且不少作品是孩子爲主角，從孩子的視點記述故事，甚至去解決事件。

詭計雖然沒有爲殺人現場而設計的暴風雨中的山莊、奇形怪狀的公館、呈密室狀態的孤島等大詭計。仁木悅子的詭計或謎團都是寫實的，尤其是故事中的小事件、小道具與詭計或謎團之互動很自然。

仁木悅子所塑造的偵探不少，但是他們都非職業偵探，大多是偶然被捲入殺人事件，有的是好奇心、有的爲了要證明自己或家族的清白等，而參與推理，解決事件。

綜合上述幾點，仁木悅子是一直堅守寫實主義的作家。

仁木悅子所塑造的偵探中，最有名的名探不外是仁木雄太郎、悅子兄妹。他們在《只有貓知道》裡首次登場時，雄太郎是研究植物學的大學生，瘦而高大。悅子是音樂大學師範科學生，年齡差哥哥兩歲，身高只有一百四十五公分，倭而胖。兩人被喻爲牛蒡與南瓜搭擋。兩人性格都很明朗，富有好奇心與正義感，對於事件悅子擅長觀察，雄太郎擅長分析。

之後，兄妹聯手登場的作品不算多，長篇有三，即《林中之家》（一九五九）、《有刺的樹》（一九六一）、《黑色緞帶》（一九六二）。短篇只有五篇，合計九篇。在這裡值得一提的是，他們登場時的年齡與生活環境，都跟隨事件發生的時期而異。一九六二年，作者就讓這對搭擋退休。

但是，一九六九年作者只讓悅子一個人重新登場，這時悅子已結婚，兩個兒子的母親。悅子單獨登場的作品都是短篇，有九篇。另外有一篇與婚後的雄太郎再度搭配的短篇、有一篇雄太郎單獨登場的短篇、有一篇悅子夫妻登場的長篇《兩張陰畫》等。

由此可知，仁木悅子的創作理念是適材適用主義，不勉強爲名探製造故事。不過仁木悅子筆下的偵探都是聰明、性格明朗的非職業偵探，只登場一次而消失的爲多。

十一部長篇都屬於本格推理，近於一百篇的中短篇中百分之八十也是本格推理，失敗作很少，值得一讀。在日本有固定的支持者。

（〇九・十二・〇九）

附錄　江戶川亂步獎歷年得獎作一覽表

編輯部

第一屆・一九五五年・中島河太郎《偵探小說辭典》
第二屆・一九五六年・早川書房「早川珍袖推理小說」叢書
第三屆・一九五七年・仁木悅子《只有貓知道》（猫は知っていた）★系列4
第四屆・一九五八年・多岐川恭《濡れた心》
第五屆・一九五九年・新章文子《危險な関係》
第六屆・一九六〇年・從缺
第七屆・一九六一年・陳舜臣《枯草の根》
第八屆・一九六二年・戶川昌子《大いなる幻影》
佐賀潛《華やかな死体》
第九屆・一九六三年・藤村正太《孤独なアスファルト》
第十屆・一九六四年・西東登《蟻の木の下で》
第十一屆・一九六五年・西村京太郎《天使の傷痕》
第十二屆・一九六六年・斎藤栄《殺人の棋譜》
第十三屆・一九六七年・海渡英祐《伯林－一八八八年》
第十四屆・一九六八年・從缺
第十五屆・一九六九年・森村誠一《高層の死角》

第十六屆・一九七〇年・大谷羊太郎《殺意の演奏》
第十七屆・一九七一年・從缺
第十八屆・一九七二年・和久峻三《仮面法廷》
第十九屆・一九七三年・小峰元《アルキメデスは手を汚さない》
第二十屆・一九七四年・小林久三《暗黒告知》
第二十一屆・一九七五年・日下圭介《蝶たちは今…》
第二十二屆・一九七六年・伴野朗《五十万年の死角》
第二十三屆・一九七七年・藤本泉《時をきざむ潮》
梶龍雄《透明な季節》
第二十四屆・一九七八年・栗本薰《我們的無可救藥》（ぼくらの時代）★系列2
第二十五屆・一九七九年・高柳芳夫《プラハからの道化たち》
第二十六屆・一九八〇年・井沢元彥《猿丸幻視行》
第二十七屆・一九八一年・長井彬《原子炉の蟹》
第二十八屆・一九八二年・岡嶋二人《焦茶色のパステル》
中津文彥《黃金流砂》
第二十九屆・一九八三年・高橋克彥《写楽殺人事件》
第三十屆・一九八四年・鳥井加南子《天女の末裔》
第三十一屆・一九八五年・東野圭吾《放學後》（放課後）★系列1

第三十二屆・一九八六年・山崎洋子《花園迷宮》（花園の迷宮）★
森雅裕《モーツァルトは子守唄を歌わない》
第三十三屆・一九八七年・石井敏弘《風のターンロード》
第三十四屆・一九八八年・坂本光一《白色の残像》
第三十五屆・一九八九年・長坂秀佳《浅草エノケン一座の嵐》
第三十六屆・一九九〇年・鳥羽亮《剣の道殺人事件》
阿部陽一《フェニックスの弔鐘》
第三十七屆・一九九一年・鳴海章《ナイトダンサー》
眞保裕一《連鎖》（連鎖）★
第三十八屆・一九九二年・川田弥一郎《白く長い廊下》
第三十九屆・一九九三年・桐野夏生《顔に降りかかる雨》
第四　十屆・一九九四年・中嶋博行《検察捜査》
第四十一屆・一九九五年・藤原伊織《恐怖分子的洋傘》（テロリストのパラソル）★
第四十二屆・一九九六年・渡辺容子《左手に告げるなかれ》
第四十三屆・一九九七年・野沢尚《破線のマリス》
第四十四屆・一九九八年・池井戸潤《果つる底なき》
福井晴敏《Twelve Y. O.》
第四十五屆・一九九九年・新野剛志《八月のマルクス》

第四十六屆・二〇〇〇年・首藤瓜於《脳男》
第四十七屆・二〇〇一年・高野和明《13階段》
第四十八屆・二〇〇二年・三浦明博《亡兆のモノクローム》
第四十九屆・二〇〇三年・不知火京介《擂台化妝師》（マッチメイク）★系列3
赤井三尋《暗淡夏日》（二十年目の恩讐）★
第五十屆・二〇〇四年・神山裕右《カタコンベ》
第五十一屆・二〇〇五年・薬丸岳《天使のナイフ》
第五十二屆・二〇〇六年・鏑木蓮《東京歸鄉》（東京ダモイ）★
早瀬乱《三年坂火之夢》（三年坂・火の夢）★
第五十三屆・二〇〇七年・曽根圭介《沈底魚》
第五十四屆・二〇〇八年・翔田寛《誘拐児》
末浦広海《猛き咆哮の果て》
第五十五屆・二〇〇九年・遠藤武文《三十九条の過失》

編按：★表臉譜已取得中文版權，即將出版。

國家圖書館出版品預行編目資料

只有貓知道 / 仁木悅子著；陳嫺若譯. --
初版. -- 臺北市：臉譜出版：家庭傳媒城
邦分公司發行, 2010.01
面； 公分. --（江戶川亂步獎傑作
選；4）
譯自：猫は知っていた
ISBN 978-986-235-081-2（平裝）

861.57 98023408